illustration KIYO KOMIZU
彼の言葉を奪うほど深く長く口付けた。
やっと俺のものになった玉木を確かめるために。

舌先の魔法

Magic of a chocolate

火崎 勇

YOU HIZAKI presents

ガッシュ文庫
KAIOHSHA

イラスト／湖水きよ

CONTENTS

本作品の内容はすべてフィクションです。
実在の人物・地名・団体・事件などとは一切関係ありません。

ベッドから起き上がり、シャワーを浴びて身支度を整える。

黒のシャツ、にスキニーなパンツ。

鏡の中に映る自分はいつも通りいい男だと確認したその背後で、ようやくベッドの中の人物はもぞもぞと動き出した。

「…もう行くの？」

シーツの間から顔だけ出してこっちを見たのは、セックスフレンドだった宮川《みやがわ》だ。

後腐れもなく、スタイルも顔もよく、仕事も似たような仕事をしている彼とは、悪くない関係を続けてきた。

「ああ、店に出ないとな」

だがそれも今日までのことだ。

「小笠原《おがさわら》のそういうとこ、嫌いだよ。俺《おれ》と過ごす最後の朝って感慨はないの？」

「何を今更。最後だからって、別れを惜しむような仲じゃないだろ？」

相手もその言葉には頷いた。

「ま、それもそうか」

宮川は伸びをして再びベッドへ沈んだ。

「イタリアに発つの、明日だっけ？」

彼がシェフとして、イタリアに修行に行くことになり、俺達の関係は終わりだ。

「そう。次は、四年後だね。でもその頃にはお互い恋人がいるかもね」

「いろんな意味で、頑張ってこいよ」

「ん、バイバイ」

腕だけが伸びて、ひらひらと手を振る。

それを見ながら、俺は部屋を出た。

お互い恋人、か。

彼はイタリアで新しい恋を手に入れるかもしれない。だが俺はその頃もきっとフリーだろう。

ゲイとして男性を相手にするようになった十代の時から、今まで一度も恋愛をしたことはなかった。

元々、仕事が忙しくて恋人を作りたくないということもあり、ベッドの相手に恋愛を求めなかったということもある。

長い海外暮らしだったが、いつか日本に帰る気があったので、外国人を恋人にしたくなかったということもある。

今別れた宮川を始め、選定眼があったのか、今まで付き合ったセフレが自分の欲望を満足させてくれていたので、恋人を探す必要もなかったのだ。

だが、今日からは次を探さないといけないかもしれないな。

宮川とは、同類の友人の紹介で付き合い始めた。彼はスレンダーで美形で、前の恋人と別れたばかりだった。

まだ心の傷が癒《い》えないので恋愛はしない。でも相手は欲しいというので、決まった相手を作りたくなかった俺と意気投合して付き合い始めたのだ。

お互い仕事優先で、面倒なことは何もなかった。

彼がイタリアへ行くと言わなければ、もう少し付き合ってもよかっただろう。もっとも、そこで俺と別れてイタリアへ行けるような男だから関係が続いていたのだろうが。

「暫《しば》くは、俺も仕事に専念するかな」

車に乗り込み、真っすぐ自分の仕事場へ向かう。

都心の一等地、外資企業の本社ビルの一階に作られた小さいけれど豪華な『パティスリー・ロズ』は、カフェを併設したショコラ、つまりチョコレートの専門店だ。

その店のオーナー兼ショコラティエが、俺の仕事だ。

若いうちに海外へ出て、修行し、日本人として幾つかのコンクールで入賞を果たし、権威と人脈を作って戻ってきて、ここに店を開いたのだ。

ビルの前のレンガ敷きのテラスをオープンカフェにし、ガラス張りの店内にもカフェスペースを作り、チョコレートやチョコレートを使った菓子を売る。

従業員は自分を含めて五人。

だが、客にも商品にも目の行き届く丁度いい店だ。

俺は車を駐車場へ停めると、裏口から厨房《ちゅうぼう》へ入った。

「おはようございます」

「おはよう」

たちまち肺をいっぱいにするカカオの香り。

白いタイル張りのキッチンは、オーブンや冷蔵庫のシルバーと相俟《あいま》って清潔な輝きを放っている。

そこには既に他の四人が忙しく働いていた。

四人のうち二人は、いつか独立を夢見るショコラティエで、一人は下働き、一人はカフェの店員。全員が若い男性ではあるが、この中に俺の相手はいない。

仕事は仕事で、そういう面倒を持ち込みたくはないので。

「小笠原さん、モワルーショコラの出来上がり、見ていただけますか？」

その中で、一番優秀な手塚《てづか》が声をかけてきた。

「今行く」

控室へ入り、自分のエプロンを付け、すぐに厨房に戻る。

銀色のバットに出されたモワルーショコラは、二層になったチョコレートケーキで、メレンゲを入れた生地は焼き上げると中心部分が窪《くぼ》むので、そこへまた生地を流し込み、今度は冷やす。

すると焼いた生地とムース状のものと、二つの食感を味わえるというわけだ。

「ん、いいだろう。今日のデコレーションはギモーブにしよう」

「はい」

この簡単なケーキは、カフェのサービス用。だから他の者に作らせる。

だが、メインの販売用は俺が作る。

本当はカカオの焙煎《ばいせん》から手がけたいが、それでは商業ベースに乗らないので、今のところはクーベルチュールと呼ばれる製菓用のチョコレートから始める。

産地や、カカオバターの含有量などを吟味《ぎんみ》して使用するものを選ぶ。

チョコレートに含まれるカカオバターは、二十八度で溶け始め、三十六度で液状になる。低すぎれば上手く他の材料と混ざらないし、高ければすぐに焦げる。繊細に扱ってやらなければならない食材だ。

今日作るのはブラックベリーのゼリーを使ったガナッシュ。

チョコレートを湯煎にかけ、ミルクやリキュールで味を調えてからテンパリングし、滑らかになったものを昨夜のうちに作っておいたゼリーにコーティングする。

出来上がったものには一つずつ砂糖菓子の花を載せて冷蔵庫で固める。

そしてライム風味のビターガナッシュをホワイトチョコレートでコーティングしたものとジャスミンで香り付けしたストロベリーのジュレをミルクチョコレートでコーティングしたもの。

菓子作りは何でもそうだが、時間に追われた力仕事。

その三品を作ると、次はケーキだ。

開店までに商品を揃《そろ》えないと。

とはいえ、ケーキの土台部分は俺の作ったレシピにそって他の者が作っているから、やるのはデコレーションだけ。

フランスで修行して日本へ戻ってきた時には、正直ここまで順調に進むとは思っていなかった。

偶然あちらで知り合った日本人が、この店の入っている会社の重役だったことが、一番のラッキーだろう。

彼は、俺のチョコレートにハマり、毎日のように俺が働いていた店に来ては日本へ戻ったら訪ねてくれと言っていた。

その言葉を信じていたわけではないが、取り敢えず日本へ戻った時に挨拶に訪れると、彼はここに店を開かないかと持ちかけてきたのだ。

日本へ戻ったのは独立して店を開くためだったので、渡りに船とはこのことだ。

俺はすぐにその話に乗った。

友人や知人を介して従業員を集め、会社からの出資も受け、こうして店を開くことができた。

味には自信がある。向こうでも実績は積んだ。

だが折からのチョコレートブームや、自分のルックスも、この順調な経営の一因だっただろう。

雑誌などに取り上げられ、近くのオフィスのＯＬ以外に遠方から足を運んでくれる客も多い。

店の『パティスリー・ロズ』の名も、俺の『小笠原永人《ながと》』の名も、それなりに有名になり、パーティや結婚式などに出張でデセールを作りに行くこともある。

順調であれば仕事は楽しく、仕事が楽しければ他に目が向くこともない。

まあ当分恋愛相手を探す必要はないだろう。

「川添《かわぞえ》、そろそろ外の椅子を用意しろ」

「はい」

だから、宮川のことも、この時にはもう頭から消えていた。

仕事が優先だ、と。


厨房に入ると、店の中の様子は見えるが、オープンカフェの方には目が届かなかった。

ショップのカウンターに立つと、店内はもちろん、オープンカフェまで見渡すことができる。

なので、作るべきものを作ると、俺はなるべくショップのカウンターに立つようにしていた。

カフェを訪れる客の大半は、俺という人間を見に来ているとわかっているからだ。海外で賞を取った有名人、もしくは見目のよい男ということで。

まだ午前中なので、店内の客は一組しかいなかった。

新しく入って来た客はショップの方で、さんざん悩んでトリュフチョコレートを幾つか買っていった。

昼過ぎには、ランチを終えた人々が午後の安らぎを求めて一気に訪れるだろう。

そう思っていると、一組の男女がやって来るのが目に入った。

カップルではないことは一目でわかった。

二人は性別こそ違え、その顔立ちがそっくりだったからだ。しかも大きな瞳が印象的でちょっと気の強そうな整った顔、美形の双子だ。

開け放していた扉から、彼等の会話も聞こえる。

「ほら、楓《かえで》。入りましょうよ」

「…いやだ」

「でも入らないと仕方ないでしょう?」

「甘ったるいだけの塊ってキライなんだよ」

酷い言い方だな。

俺はすいっと店から出て、微笑《ほほえ》みながら彼等に近づいた。

「いらっしゃいませ」

俺の出現に、二人は一斉にこちらを見た。

ああ、やっぱり美人だ。

女の方は胸元まであるストレートの黒髪に、特徴である大きな瞳を際立たせるエキゾチックなメイク。だが多分、あの睫毛《まつげ》は自前だろう。アイラインもバッチリ引いてるわけではあるまい。

そう判断したのは、ノーメイクの同じ顔がそこにあるからだ。

縁取りのはっきりしたキツイ眼差《まなざ》し。

白い頬《ほお》はふっくらとして、髭《ひげ》の気配もない細い顎《あご》。形のよい唇。

間近に本物の女性がいるからか、女性的とも言える顔立ちなのに女っぽさはない。言うならば、少年の中性的な雰囲気の方だろう。

性癖のせいで、俺は美女よりもそっちの美青年に目を止めた。

細身のスーツが似合ってる。

ドンピシャでストライクゾーンだ。

だが、見た目が好みだからと言って、自分の仕事場でハントするほど、常識に欠ける人間ではなかった。

彼等に向ける興味は、ショップのオーナーとして、ショコラティエとして、二人が自分の店を気に入るかどうか、というものだった。

「可愛らしいわ」

女性がショーケースを見ながら弾んだ声で感想を口にする。

「気持ち悪い」

その横で青年は顔をしかめた。

「楓」

「俺はやっぱりこんなとこ入れないよ。チョコなんかキライだ」

「それはわかるけど…」

女性はちらりとこちらを見た。

「ごめんなさい、彼、甘い匂いが苦手で」

だったらこんなところへ来るなと言いたいが、そこはグッと我慢する。

「男性にはそういう方もいらっしゃいますから大丈夫ですよ。イートインならオープンカフェのテーブルにしたらどうですか？」

俺は彼等が今入って来たばかりの戸口を示した。

「そうね。そうしましょう、楓」

「…桜《さくら》がそう言うなら」

双子の妹に無理やり付き合わされた可哀想な兄ってとこだな。

「どうぞ」

俺は自ら彼等を案内し、パラソルの下のテーブル席へ案内した。

帆布のパラソルの下には、木製のテーブルと椅子。これは気に入って取り寄せたスイス製のものだ。

「今、お水とメニューをお持ちします」

俺が店に入ると、すぐにカフェ要員だった川添がトレーに水とメニューを持って近づいてきた。

「いい、俺がやる」

「美人だから、横取りですか？」

俺の性癖を知らないから、彼は笑った。

だがあながち間違いでもない。

「男の方は無理やりみたいだからな、愛想をふりまいてくるよ」

トレイを持ってテーブルに戻ると、桜と呼ばれていた女性の方が俺の顔を見た。

「いらっしゃいませ、メニューをどうぞ」

「桜に近づくな」

俺が営業スマイルでメニューを彼女に差し出した途端、男がジロッと俺を睨《にら》む。

彼女が連れの男の足を軽く蹴ると、男がむっすりとして顔を背ける。

仕方なくというように溜め息をつき、彼女の方が俺に向かって声をかけてきた。

「あの…、もしかしてショコラティエの小笠原さんですか?」

この手の質問には慣れている。

「はい。そうですよ」

なので愛想よく答えると、たった今俺を睨み、そっぽを向いた男が急に顔をこちらに戻した。

「小笠原さん、御本人ですか?」

声のトーンが変わる。

「ええ」

「あの…、私こういう者です」

楓と呼ばれていた男は、慌てて自分のスーツのポケットから名刺入れを取り出し、その中の一枚を丁寧にこちらへ差し出した。

受け取ってその紙片に目を走らせる。

「ランダム出版、グルメ倶楽部《くらぶ》編集部、玉木《たまき》楓?」

「はい。実は、小笠原さんのこの店を特集した一冊を企画しておりまして。是非取材をさせていただければと」

その言葉に、俺はまた彼を見る目を変えた。

好みの男ではない、店の客でもない。ここにいるのは仕事の相手だ、と。

「かまいませんよ。では、お勧めのチョコレートをお持ちいたしましょう」

「いや、それは…」

彼は口籠もった。

「チョコレートは私がいただきます」

同席していた女性が身を乗り出す。

「あなたも編集さん？」

「いえ、私は違います」

「では何です？」

「玉木の妹で、桜と申します。彼が甘い物が苦手なので同行させていただきました」

「では記事もあなたが？」

「いえ、それは彼が」

俺はその答えににっこりと笑った。

「では取材はお断りさせていただきましょう」

「取材拒否ですか？」

彼はあからさまにムッとした。

「いいえ。どんな取材でもＯＫですよ。たった一つの条件を飲んでいただければ」

「条件？」

「簡単なことです。俺の作ったチョコレートを食べていただくことだけです。食べて、感想を聞かせてくれれば、その感想に見合った取材を受けます。ただ写真を撮りたいだけなら、お好きにどうぞ。でも俺の作品を理解しない人に、俺が理解できるわけがない。ですから、取材はお断りさせていただきます」

「でも…！」

「あなたは、ライターのようだが、自分の書いたものを一行も読まない人に批評されたいですか？　それとも、このグルメ倶楽部というところは、そんな本ばかり作ってきたのかな？」

玉木は顔を歪《ゆが》めた。

「違います」

「俺は難しいことを言ってるわけじゃない。当然のことを言ってるだけだ。それは納得できるね？」

「…ええ」

「では、チョコを食べるか、取材を諦めるか、自分で選択なさるといい。本日のオススメはライムシトロンチョコレートですよ?」

テーブルの上に置かれていたメニューを開いてやったが、彼は黙ったままだった。

食べるつもりはない、か。それもそうだろう、先ほどチョコレートは嫌いと言っていたのだから。

「私が食べるのではだめですか?」

「あなたが記事を書くのならそれでもいいですよ」

「桜、いいよ。行こう」

「でも楓…」

「この人が言うことはもっともだけど、俺はチョコなんか食べたくない」

「『なんか』ねぇ…」

仮にもそれを作ることを仕事にしている人間の前で言うか?

「楓、失礼よ」

こちらの不快を察して彼女が諫《いさ》めたが、楓の方は立ち上がった。

「帰ろう。最初から無理だったんだ。小笠原さん、失礼しました」

彼は立ち上がり軽く頭を下げると、そのまま立ち去った。

置いていかれた形になった女性の方は頭を深く下げ「兄が失礼を」と言って彼を追いかけて行った。

「…何だあれ？」

チョコが嫌いで食べられない人間がショコラティエの取材？　大方、上からの命令で来たのだろうが、それにしたって努力ぐらいするべきだろう。

第一、態度が悪過ぎる。

もしチョコレートが好きじゃないのだとしても、まずは自分は得手ではないので同行者に試食させますぐらい言えばいいだろう。それなら俺だって考えもする。

なのに、取材先の店でキライだの、妹にメニューを差し出しただけで近づくなだの、失礼極まりない。

「あれ？　帰っちゃったんですか？」

俺が水とメニューを持って戻ると、川添が問いかける。

「帰ったよ。取材だった」

「断ったんですか？」

「チョコレートがお嫌いだそうだ」

「はあ？　それで取材？　ファッション誌ですか？」

「かもな」

顔は好みだった。だが中身は最悪だ。

きっと、もう二度と会うこともないだろう。

「女の子、美人でしたよね」

川添の言葉を否定はしないが、同意も示さなかった。

「どうでもいいよ。俺は自分のショコラを丁寧に味わってくれる人間が一番美人だと思うからな」

「小笠原さん、ストイックだなぁ」

だがそれはポーズではなく、本音だった。

だから、玉木楓なる男のことも、午後用の仕込みを始めた途端、頭の中から綺麗《きれい》に消えてしまった。

「ブラウニーを作るからバター出してくれ。ナッツと一緒にキャラメリゼしたリンゴも入れるから、リンゴの皮剥《む》きも頼む」

「はい」

「小笠原さん、オランジェット上がりました」

くだらない雑誌記者のことなど、自分にとってはどうでもいいことだった。

仕事は忙しい。

「今見る」


若くして亡くなった父は、町の洋菓子店のパティシエだった。いや、パティシエなんて言葉がもったいないくらい、小さな、昔ながらの店の菓子職人だった。

それでも、その父が作る素朴なケーキが俺は好きだった。

ショートケーキやサバランやモンブランやロールケーキ。クッキー等の簡単な焼き菓子と、オーダーを受けて作る誕生日用のホールケーキ。

安い品物ばかりだが、それだからこそちょっとした時に手に取りやすく、近所の人達は皆常連で、それなりに繁盛していた。

高校の時、その父が事故で亡くなるまでは。

たった一人でやっていたケーキ屋は、作り手を失い、閉店を余儀なくされた。

母は実家へ戻り、俺は父の友人の勧めで、ケーキ職人への道を歩み始めた。

最初は高校へ行きながら、父の友人の店を手伝っていたのだが、母がその友人と再婚することになって、俺はその店を手伝うことを拒んだ。

二人の結婚に反対したわけではない。

父は亡くなったのだし、俺には母に一人で生きろという権利も生活力もない。

ただ、このままこの人の店を手伝うということは、父の店を踏み付けるような気がして、それだけはしたくなかった。

新しい父親になった木下《きのした》さんは、そんな俺の気持ちをわかってくれて、ツテを頼んで俺をフランスに菓子職人の修行に出してくれた。

そこで俺はチョコレートに出会った。

正直、フランスへ行くまでは、俺にとってチョコレートはコンビニで売ってるもの、さもなければ父親のケーキの材料でしかなかった。

だが向こうのチョコレートは、日本のものとは完全に違っていた。

ショコラ、と呼ぶその響きからして別物だ。

日本におけるチョコレートは、菓子でしかない。だが、フランスにおけるショコラは、生活であり芸術だった。

町中の小さな店で普通に売ってるショコラも、高級店に並ぶショコラも、みんなが普通に買ってゆく。

ケーキを作るつもりだった。

だが俺の心が変わったのは、自分がそのボンボンショコラを一つ摘《つ》まんだ時だ。

修行に入っていた店での仕事に疲れて帰ったアパルトマン、カバンを床にドサリと落として、宝石箱のような綺麗な箱を開けて指で摘まんだ一粒の褐色の宝石。

その時、ああ、ケーキはチョコレートに負けたと思ったのだ。

美味《おい》しかったというのもある。

日本の板チョコなんかと違い、滑らかな口どけで、複雑な味わいがあるそれは、確かにハイクラスの菓子だった。

けれどそれ以上に、それを指で摘まんだことが驚きだったのだ。

ケーキを食べるには、皿とフォークがいる。

テーブルに座って、そのための準備が必要で、食べ終わったらその皿とフォークを洗わなくてはならない。

でもショコラは違う。

疲れたと思った時、辛いと思った時、何の用意も後片付けも必要なく、口に運んで至福を味わうことができるのだ。

そこで俺はショコラを作る人、ショコラティエへの転身を決意した。

もしケーキ屋になるのなら、俺は父親の店のような洋菓子店をやりたかった。父親の小さな洋菓子店が好きだったから。

それは、そこに当たり前のように買いに来る人々が、父親のケーキを買いに来る時のワクワクした感じが好きだったからだ。普段着のままふらりと入ってきて、今日はケーキを食べたい気分、程度で買っていける手軽さが好きだったからだ。

けれど、日本ではだんだんとそんな素朴なケーキ屋は姿を消しつつある。

町に一軒だけの洋菓子店より、みんなデパートの有名店を求めてる。

高級そうで手軽なものではなく、高級そうで高級なものになってゆく。

それなら、ショコラが、チョコレートがいい。

買いに来る時は高級で敷居が高かったとしても、きっと買って帰った人は気軽にその幸福を味わうだろう。

皿も、ナイフもフォークも必要とせず、ちょっと嫌な気分になったらポイッと一粒口に投げ入れて『ああ、幸福《しあわせ》』と思ってくれるだろう。

もっと高級感を味わいたければ、その一粒二粒を皿に載せてゆっくりと味わえばいい。

チョコレートは、その両方ができるのだ。

幸せになりたかった。

決して不幸だったわけではないのだけれど、まあ自分も若かったのだろう。父親が亡くなり、母親が別の男の女になり、一人で外国に住んでいることが、辛いと思っていた。

だから幸せを感じたかった。

ぐちゃぐちゃとしたことを忘れたかった、他人を幸せにできるほどの経済力がなかったから、せめて自分の作ったもので誰かを幸福にしてみたかった。

その全てが、美味《うま》いショコラを作ることで叶《かな》えられる気がした。

腕を磨き、有名店へ移り、認められ、自分の腕に自信をもってコンテストに参加し、世界大会で三位に入賞した。

優勝したかったけど、それだけでもいい肩書きとなった。

働いていた店に来ていた日本人のおじさんが投資会社の重役で、日本に戻ったら店をやりなさい、君に投資したいと言ってくれた言葉に乗って、今の自分がある。

ショコラは、チョコレートは、自分にとって全てだった。

若い頃の自分の苦悩も、生涯の仕事も、これからの未来も、全て小さな甘い一粒に込められている。

だから、これをキライという人間と付き合う気は起きない。

全ての人にチョコを好きになれとは言わない。

辛い物が好きな人だっているだろうし、アレルギーのある人もいる。

けれど、そういう人間と付き合わなくても、俺には十分な世界がある。彼等とは住み分ければいいだけのこと。

誰かに媚《こ》びる必要などないだけの実力がある。

俺と話したければ、俺を理解しろと言える力がある。

なので、玉木という編集者のことは、もうすっかり忘れていたのだが…。

当の本人が、再び俺の前に姿を現した。

「先日は失礼いたしました」

今度は一人で、だ。

「どうしても話を聞いていただきたくて、こうして来てしまいました。一度だけでもよろしいので、説明させていただけないでしょうか?」

俺の気分を害し、逃げるように店を立ち去ってから二日後、彼は顔をしかめながら俺に頭を下げた。

「謝りに来たって顔じゃないね。誰かに言われて無理やりなら謝罪など必要ないよ」

「本当に心から謝罪したいと思ってます。ただ匂いが…」

「匂い？」

「甘い匂いが、苦手なんです」

甘い匂いが苦手ねぇ…。

「じゃ、外で話そうか」

俺は目で川添に店を頼むと合図して、彼を外のテーブルに連れ出した。

店内を出ると、あからさまに彼がほっとした顔をする。

ああ、本当に匂いがダメなのか。

「さ、どうぞ」

勧めるまで、彼は椅子に座らなかった。

座る時も、一礼してからだった。

こういうところは美点だな。

「それで？」

「確かに、小笠原さんのおっしゃる通り、自分の作品を食べない者に取材をされるのは不快だと思います。なのに私はあなたの作品を食べることができません。ですから、編集長に言って、人を替えて欲しいと頼んだのですが聞き入れてもらえませんでした」

「それがどうかしたの？　それは君の事情であって、俺には関係ないと思うけど？」

冷たく言うと、彼は一瞬ムッとした顔をしたが、反論は呑《の》み込んだ。

「その通りです。ですが、今回のお仕事は、絶対に小笠原さんにとってもいいお話だと思うんです」

「どんな？」

「これを見てください」

彼は持っていた紙袋から一冊のムック本を取り出した。

「私共が作っている『目で味わう食』のシリーズ本です」

渡されたそれをパラパラと捲《めく》る。

大判の本は、その殆どが写真だった。

一軒の店、一人のシェフの仕事を丹念に追い続けている。

取り上げられていたのは洋食店だったが、その年老いたシェフの店に今まで訪れた客、彼の作る料理、店の佇まい、使っている調理器具などが事細かに説明されている。

そして彼がデミグラスソースを作る過程がレシピと共に丁寧に綴られていた。

悪くない本だ。

一般の人にはプロの人ってこんなふうに料理してるんだと興味を抱かせ、ある程度以上料理に携わる者にはレシピブックとなっている。

記事の内容も上滑りなものではなく、ちゃんとそれを味わって、感嘆した者の筆だと伝わってきた。

巻末の奥付には、記者の名前があり、それは玉木楓となっていた。

つまり、目の前にいる青年だ。

「…面白い本だね」

お世辞ではなくそう言うと、彼の顔がパァッと明るくなった。

「ありがとうございます」

ツンケンしてる気の強そうな顔だったものが、急に可愛らしく見える。

いつもこの顔ならストライクなのに。

「私は、あなたのチョコレートのことはわかりません。食べていないので。でも一度でも食べた人達は、あなたのチョコレートは特別だと言います。ですから、取材して、本にしたいんです」

「ふ…ん」

「お願いします。そのためなら何でもします」

「何でも、ねぇ」

真っすぐな目だ。

俺だけを見ているという熱心な視線は嫌いじゃない。

「難しいことは言わないよ。俺のチョコを食べてくれるだけでいい」

「う…」

「もっとも、君にとってはそれが一番の難関みたいだけど」

面白いな。

チョコ嫌いなのにショコラティエの取材だなんて。

その時、ほんの少しだけ意地悪な気持ちになった。

彼の本気を試したいというのもあったが、先日の態度からして彼の本気など試すほどでもないだろうと思った。

だったら、ちょっといじめてみてもいいだろう、と。

「玉木さん、でしたね」

俺はにっこりと笑った。

「この本は素晴らしかった。俺も心が動きましたよ」

「本当ですか?」

根は純真なのかな。こんな言葉をすぐに信じて身を乗り出してくるなんて。

「ええ。ですが、ショコラティエとして自分のポリシーは変えられません。あなたはチョコレートにアレルギーが？」

「いえ、そういうわけでは…」

「豆や乳製品のアレルギーも？」

「ありません」

「では、努力してみますか？」

「…努力？」

「そう。俺のチョコレートを食べる努力です」

彼の顔がまた歪む。

そんなのは無理だと言ったら、所詮その程度の覚悟なら取材など受けられないとはっきり言ってやろう。

だがすぐに引き下がられるのも面白くないから、俺は餌《えさ》をぶら下げた。

「もしそれができたら、俺の厨房への立ち入りを許しましょう。今までどこのメディアにも許さなかった聖域です。それに、レシピも、プライベートの取材も許しましょう。あなたが努力をするのならそれに応えたい」

取材したいのなら、『今までどこのメディアにも』ってセリフは大きな餌だろう？

本気なら、一度ぐらいは努力するって言うんじゃないか？

玉木は視線を泳がせて悩んでいたが、間を置いてから頷いた。

「…わかりました。努力します」

「OK、では幾つか質問させてください」

「はい」

「チョコレートは今まで一度も食べたことがないのかな?」

「…いいえ、小さい頃は」

「どうして食べなくなったの?」

「それは…、匂いがダメになって」

顔が苦渋に満ちる。

本当に匂いがダメなのか。

「匂い以外はいやだと思わない?」

「食べてないのでわかりません」

「コーヒーは飲む?」

「はい」

「ではちょっと待っててください」

俺は立ち上がると店の中に入り、そのまま厨房へ向かった。

冷蔵庫を開け、カカオマスを取り出す。

スイートチョコレートと呼ばれる製菓用のクーベルチュールは、カカオマスにカカオバターや砂糖を加えてある。その元になっているカカオマスとは焙煎したカカオ豆をすり潰《つぶ》してペースト状にしたものだ。

いわゆるビターチョコレートと呼ばれるもので、これ自体は甘くはない。

そもそもチョコレートの素はカカオポッドとも呼ばれるカカオの実の中のカカオ豆、つまり『豆』だ。

この豆を焙煎し、粉砕して殻や胚芽《はいが》を除いたものがカカオニブ、それをすり潰してペースト状にしたものがカカオマスというわけだ。

俺はそれをミルクでゆっくりと伸ばし、苦みの残るショコラドリンクを作った。

匂いづけはオレンジの皮をすり下ろしたものだ。

砂糖は入れず、少しどろりとしたそのショコラドリンクを持って、玉木の元へ戻った。

「はい、どうぞ」

カップを差し出すと、彼は怪訝《けげん》そうな顔を見せた。

「何です？　これ」

「チョコレートだよ」

「…でも甘い匂いがしません」

「バニラエッセンスを加えていないからね。君が嫌がる甘い匂いというのはエッセンスで匂い付けしてあるものだ。チョコレートは元々豆だから、甘い香りなんてしないんだ」

「そうなんですか？」

「そう。だから、これが飲めればチョコレートも食べられる可能性があるってことだ」

彼は手に取ったカップをじっと見つめた。

「…飲んでみます」

そして思い詰めた顔で、恐る恐る口を付けた。

「ちょっとどろっとしてて…、ココアというか苦しょっぱい感じがします。あまり美味しいとは言えないけれど、コクがあって濃厚で…」

「結構。ではチョコレート自体はいけそうだな」

「…はぁ」

「さっきも言った通りチョコレート自体に甘い匂いはないんだ。あれは香り付けをしてるだけだ」

「そうなんですか？」

「チョコレートの原料は豆だからね」

「今日はそれ一杯でいい。明日またおいで」

「あ、そうか」

「明日、ですか？」

「そう。君に食べられるチョコレートを用意しておこう」

彼は嫌そうな顔をしたが、断りはしなかった。

「わかりました。ではまた明日参ります」

「この本は？」

「差し上げます。よろしかったらお読みください」

「わかった。この店には俺も行ってみたくなったからね」

「本当ですか？」

今度は嬉しそうな顔。

彼は思っていたより表情が豊かな人間らしい。

「連れてってくれって言ったら連れてってくれるかい？」

「もちろんです。俺は菓子より料理の方が得意なので、食事の店でしたらどこへでも。それ、シリーズになってて他の店も扱ってるんですよ」

「へえ、どんな？」

「ラーメン屋とか、フライの店とか。あ、もしよろしかったら、明日他の本もお持ちしましょうか?」

自分の仕事に自信を持ってにこやかにしてる姿はいい。

「では是非」

悪い気が起きそうだ。

けれど俺はそれをセーブして立ち上がった。

「では、飲み終わったら今日は帰っていいよ。もし砂糖を入れたくなったら、言えば持ってくるから。匂いはダメでも味覚は大丈夫かもしれないしね」

「はい」

最初の印象と違う。

いけすかないトゲトゲしたガキだと思っていたが、これはなかなか。

もっといじめて、俺のチョコレートを食べさせて『美味い』と言わせてみたくなる。気が強そうなだけに、屈服させてみたいというか…。

彼が自分の腕の中でうっとりしたら、さぞや色っぽいだろう。

今はまだ、敷居の高いショコラティエでいなければならないが。

「じゃ、失礼。仕事に戻るので」

「あの、何時《いつ》来れば…？」

「店は八時に終わる。その頃に来てくれ」

「はい。ありがとうございました」

俺は彼に微笑みかけ席を外した。

さて、彼にどんなチョコレートを食べさせてやろうか、と考えながら。


一粒売りのチョコレートを、ボンボンショコラと呼ぶ。

ボンボンは元々砂糖菓子のことを言うのだが、摘まんで食べられるところが同じだからか、フランスではそう呼んでいる。

トリュフチョコレートというのもあるが、それは三大高級食材と言われるキノコのトリュフを模した姿からそう呼ばれるので、ボンボンショコラの一種。中身はガナッシュだ。

ガナッシュとは生クリームを混ぜ合わせたチョコレートのことで、それにフルーツピュレや洋酒等を入れることもある。

日本では板チョコと呼ばれるものは、ソリッド、タブレット等とも呼ばれる。

チョコレート初心者の玉木に食べさせるのならば、どれがいいか。

俺は彼と別れてから考えてみた。

タブレットはつまらない。

第一、いかにもチョコレートという感じで、彼は抵抗感を覚えるだろう。

となるとやはり選ぶべきはボンボンショコラだろう。

それも、彼の意表を突くようなものがいい。

ボンボンショコラの中身で一番多いのはナッツ系のガナッシュかフルーツ系のジュレやガナッシュだ。

だがそれも彼には先入観があるだろう。

匂いがダメというだけなら、使うチョコレートに香料を使用しなければいいだけだが、俺が見たところ、彼の甘い物嫌いは筋金入りだ。

取材対象の店で『キライ』と豪語するくらいだから。

多分、口に入れて甘いと感じた時点で甘い匂いを感じてしまうだろう。

それでは食べられたとしても『美味い』とは言うまい。

俺は彼を、自分の味にひれ伏させたかった。

チョコレートは美味しいものだと、考えを改めさせたかった。

となると、甘みを感じるチョコレートではダメだ。

「小笠原さん、試作ですか？」

チョコレートを作り始めた俺に、手塚や、品川《しながわ》が近づいてきた。

品川はまだ製菓学校を出たばかりなので、特に興味津々といった感じだ。

「ビターな感じで作ろうかと思ってね」

「うちはあんまりビターなのは扱いませんよね？」

「日本人はまだ甘いチョコレートが好きだからね。だが、チョコレートは甘いだけじゃない。あっちじゃ料理にも使う」

「ああ、それ、聞きますね」

二人共海外経験はないので、実際は見たことがないのだろう。

「で、これは料理にするんですか？」

「いや」

「ボンボンショコラですよね？」

「そう」

二人のショコラティエの前で、俺は湯煎したクーベルチュールの入ったボウルに生クリームをたっぷりと入れた。

よくかきまぜて馴染ませ、テンパリングの板の上に流し出す。

「エッセンスは？」

「まあ黙って見てろ」

テンパリングとは、チョコレートの中のカカオバター脂肪分を均一化するために行う作業だ。

これをするかしないかで口どけもツヤも全く変わってくる。

よく女の子がバレンタインの手作りチョコレートが白い粉を吹いてしまうと悩むのは、これが行われないからだ。

俺はよく混ぜたガナッシュにコーヒー豆を砕いた物とコーヒーリキュールを入れた。

コーヒーは飲めると言ったのだから、これならイケるだろう。

「コーヒーですか？」

と手塚が言ったが、黙って見ていろと言ったのでもう返事はしてやらなかった。

それを更に混ぜ、バットに流し込み、冷蔵庫へ入れる。

だがこれは取り敢えずの定番。

もう一つが彼を驚かせるものだ。

「え…、それ入れるんですか？」

俺が取り出したスパイスに、品川は驚いた顔をしたが、手塚はそれに「最近は定番だよ」と囁いた。

確かにチョコレート業界では珍しいものではないが、チョコレートから縁遠い人間には珍しいだろう。

本当は形も凝ったものにしたかったが、試食用みたいなものだし、まずはスクエアなものでいいだろう。

ガナッシュが固まったら、小さくカットしてビターチョコレートでコーティングする。

最後にホワイトチョコレートにカシスリキュールを混ぜて赤く染めたもので上を飾る。

もう一つは黒いままにしてフォークでウェーブを付けるだけにした。

「さて、と。これでＯＫ」

出来上がりを冷蔵後に入れて終わり、だ。

「今の、来月の商品ですか？　随分大人っぽいものですけど」

手塚の問いに、俺は首を振った。

「いや、今のは別。甘い物がキライと豪語するヤツに食べさせようと思ってね」

「ああ、だから砂糖の量が少なかったんですね」

「本当は甘いドリンクで食べさせたいんだけどね。その方がショコラの苦みが引き立つ」

「チョコレートドリンク？」

「いや、ミルクティーかな。チャイみたいに煮出した感じの」

「面白そうですね」

「紅茶のガナッシュ、作ってみるか？」

「そろそろ寒くなって来るからいいんじゃないですか？」

「じゃ、今度はそっちをやろう。来月のケーキ系の新作にアイデアあるか？」

「ウーピーパイなんかどうです？」

「いや、もっと高級感のあるものがいい。ダークチェリーをラムに浸けたのなんか使って、チョコレートケーキは？」

「いいですね。コーティングはミルククリームで、スポンジはダークな感じ？」

「スポンジにはアーモンドパウダーを入れよう。その方がしっとりする」

「はい」

美味い、と言わせる自信があった。

だからこの取引を持ちかけたのだ。

今から、俺のチョコレートを口にして驚きの顔を見せる玉木の顔が目に浮かぶ。

『こんなの初めて』

と言いながらうっとりするであろう顔が。

チョコレートは媚薬《びやく》だとか精力剤だと言われた時代もあった。彼が俺のチョコに惚《ほ》れれば、もしかしてもしかするかもしれない。

「…それはないか。ウブそうなヤツだったし」

下心は別にしても、彼を攻略するのは楽しみだった。


翌日、俺はいつもの通り仕事をこなし、玉木の来訪を待った。

七時になると、カフェはラストオーダー。

そろそろ寒くなってきたのでテラス席は人も少ない。

天井があれば、スイスのカフェみたいに天井のひさしにヒーターを入れられるのだが、日本ではその設備を作るノウハウがないから、金がかかるだろう。今年もストーブで我慢だな。

そんなことを考えていると、夜の暗闇の中に立つスーツ姿の男の姿を認めた。

玉木だ。

彼は相変わらず匂いを避けるためか、店の中に入ってこようとはしなかった。

俺は敢えて彼に気づいていないフリをしながらショップで買い物をする客の相手をしていた。

川添は彼の顔を覚えていないのか、わざわざ外へ行って「もうクローズなんです」と説明していた。

「いえ、私小笠原さんに…。玉木と申します」

「オーナーですか？　ちょっと待ってください」

川添が中に戻り、俺に声をかける。

「小笠原さん。玉木って人が来てますけど」

「ああ。待つように言ってくれ。寒かったら中へどうぞ、とな」

「はい」

手ごわい男と思わせたい。

頭を使って、手管を駆使してようやく手が届く人間なのだと。その方が、彼は俺に興味を抱くし、執着するだろう。

だからこれはちょっとしたテクニックだ。

俺は相手にしていた客の会計が済むと、いったん厨房へ姿を消した。

中で待っていいと言ったのだから、入って来ないのは彼の自由だ。待たされて、待たされて、やっと会える相手の方が有り難みが出るだろう?

俺は作っておいたチョコレートを取り出し、ショップ用の箱へ詰めるとそれを持って店へ戻った。

「入っていいって言ったんですけど、外で待つって」

やっぱり匂いがダメか。

ケーキ等の焼き菓子を焼いた後でない限り、そんなに強く甘い匂いがするわけではないのに。

「わかった。いいよ。俺はこれで帰るから、何かあったら後は手塚に」

「はい」

スタッフルームへ行き、エプロンを外してジャケットに袖を通して外へ向かった。

「やあ、待たせたね」

「いえ」

「時間をはっきり決めておけばよかったかな」

「大丈夫です」

「それじゃ、行こうか」

「行く…？」

「匂い、ダメなんだろう？　どこか別の場所へ移動しよう」

「どちらへ？」

「行きつけのバーがある。酒はダメ？」

「いいえ、そんなことは」

「では行こうか」

何かを意図していたわけではないけれど、持ち込みの物を食べられる場所ということで、俺は馴染みの店へ向かった。

俺の趣味を知っているマスターがやっている、そっちの人間が集まる店だ。もちろん、そうでない者も出入りしているが。

シックな内装の店の、カウンターの一番端に並んで座ると、すぐにマスターがやってきてチラリと俺達を見た。

その目が『新しい相手？』と訊いている。

「いらっしゃいませ」

「ああ。今日は仕事で来たんだけど、ちょっと持ち込みしていいかな？」

仕事、という一言を挟んだので、マスターはモードを切り替えてくれたようだ。

「もちろんですとも。そのうち私にもチョコレート持ってきてくださいよ。この間のカシスのチョコレート、美味しかったですよ」

「あれはもう今作ってないんだ。月替わりのラインナップだったから。今月はライムだから、今度持って来るよ」

「楽しみにしています」

「コーヒー二つ、それとデザートワインをグラスで二つ。銘柄は任せるよ」

「かしこまりました」

俺は隣へ向き直り、玉木を見た。

まだ顔に少し不快な表情を浮かべている。

「そう硬くならなくていい。これはプライベートだから」

「はぁ」

チョコレートの入った箱を取り出すと、彼の顔は更に不快さを増した。というより、困っている顔なのかな?

「さて、これは甘い匂いのしないチョコレートだ。匂いを嗅《か》いでごらん」

薄い箱のフタを開けて彼に嗅がせる。

玉木はそっと箱を手に取り、鼻を近づけた。

「…確かに、ココアみたいな香りはしますが、甘ったるい匂いはしませんね」

「それが当たり前なのさ。この間も言っただろう？　チョコレート自体に甘い匂いはない。ただ、甘い香りがする方が受けるから、香料で匂い付けをしてるだけだ。スーパーなんかで売ってるチョコの箱を引っ繰り返すと、『香料』って書いてあるだろう」

「はい」

「甘い物には甘い匂いというのが日本人の定番だ。そして甘い匂いの定番はバニラとなっている。だから和菓子にまでバニラエッセンスを入れたりする」

「和菓子に？」

「洋菓子ほどではないが、大量生産のものには入ってるものが多い。味覚というのは舌で感じるものだと思ってるが、実際は嗅覚に頼るものが多い。鼻を摘まんで食事をすると何を食べてるかわからないなんてこともある」

「辛いのはわかりますよ」

「反論か。だが辛みは味覚ではなく痛覚なんだ」

「え…」

丁度その時コーヒーとワインが目の前に置かれた。

「さ、もういいだろう。ためらってないで食べてごらん」

「…はい」

それを受けて勧めると、彼はじっとチョコレートを見つめていたが一粒摘まんで恐る恐る口元に運んだ。

目が、『食べなきゃダメですか？』と訴えるが、敢えて無視すると、彼は一口でいけるそれを半分だけ齧《かじ》った。

口をゆっくりと動かしている間に、玉木の目が変わる。残りも口に入れ、暫く間を置いた。

「…コーヒー、ですか？」

「そう」

「このボリボリしてるのは…？」

「コーヒー豆だ」

「外側の…、コーティングしてあるチョコと中身は違うんですね。それに、お酒も入ってますか？」

ほう、舌は確かなのかな？

「コーヒーリキュールが入ってる」

「美味しいですが、苦みが強すぎます。コーヒー豆が舌に残るので、もっとチョコレートと一緒に無くなるくらいのものが」

　これは…。

「もう一つの方も食べてくれ」

「はい」

　玉木が、今度は迷いなくチョコを口に運ぶ。

　ゆっくりと味わい、飲み下す。

「コショウ、ですね」

「よくわかったな」

「すぐにわかります。でもチョコレートとコショウなんて…」

「さっきも言ったように、チョコレートは豆だ。豆とコショウと思えばおかしいことはないだろう？　今回は初心者相手だからわかりやすいコショウにしたが、アニスやスターアニス、カレー味のチョコなんてのもある」

「カレーですか？」

「トウガラシとかな」

　彼は驚いた顔をしたが、嫌そうではなかった。自分の知らない味に興味がある、といった顔だ。

「それはもうお菓子じゃないのでは?」

「君はせんべいをお菓子と呼ばないか? 菓子とは、生きていくために必要な食事ではなく、楽しむために食べるもの。食べる者がそれを口にして楽しいと思えば菓子さ」

「美味しいんですか?」

「美味しいと思わせるだけのものを作ればな。で、コショウの方はどうだ?」

「美味しいです。ほんのりとした甘みとコショウの刺激がよく合ってると思います。大人っぽくて…」

「これなら食べられる?」

「はい」

彼は素直に頷いた。

「じゃあ、飲み物をどうぞ」

俺の言葉に、玉木は迷いなくデザートワインに手を伸ばした。

甘口のワインを一口含んで、またコショウのチョコを口へ運ぶ。

「ん、合います」

嬉しそうな声。

「甘いワインに負けないパンチ力があります。コショウのピリッとした辛みがワインを引き立ててくれて、お酒のお摘まみに丁度いい」

そして今度はコーヒーを口にした。

「…コーヒーは合いませんね。こっちの方がいいのかな」

またコーヒーの方のチョコを口にする。

「んー…、やっぱり豆かなぁ」

「キャラメリゼしたアーモンドクラッシュを入れたらどうだろう」

「キャラメリゼ？」

「アメがけ、とでも思ってくれればいい。焦がした砂糖がカラメルソースみたいな味がする」

「ああ、だからキャラメル。そうですね、その方が味がしまると思います。豆を使うのは面白いし、噛《か》んだ時にコーヒーの食感があるのはいいんですけど、チョコの口どけが早いので合わないんです。作るならもっとチョコ自体を小さくして、豆の食感の方を楽しむことにポイントを置いた方がいいと」

力説する彼と目が合う。

途端に彼は恥じらうように視線を落とした。

「…すみません。食べもせずにキライだなんて言って」

可愛いな。

素直に自分の非を認めるところもいい。

だが何より、食べ物に対しての反応がいい。

彼の批評は的確だ。言葉の一つ一つが、上滑りではない。

彼の作ったという本の出来はよかったが、誰か手助けする者がいるのだろうと思っていた。けれど彼の舌の確かさを知ると、彼があれを行ったのだと信じられる。

「食べてみてどうだった？」

「甘いだけじゃないチョコは美味しかったです」

「それはよかった」

けれど顔はうっとりとしたものではない。

「今日のは、まず君にチョコを食べさせるためだけに作ったものだから、簡単なものだけれど、次回はもっとちゃんとしたものを持ってこよう。順に甘みのあるものを口に運んでもらおう」

言い訳がましく言ったのは、彼がちゃんと味わえる人間だと思ったから、それならば今日の作品は食べさせたいものではないからだ。

「これで終わりじゃないんですか？」

「これが俺の味だと思われちゃ困る」

「十分美味しかったです」

「それは君が他のチョコレートを知らないからだ。今までコンビニで売ってるような菓子しか食べたことがないんだろう。それより美味いと言われても、嬉しくも何ともない」

「でも今時はコンビニで売ってるものだって、美味しいものは沢山あります。俺としては、一粒で何百円も取るような違いがあるとは…」

「そう言うだろう？」

玉木は言い過ぎた、という顔を見せた。けれど一瞬だけだ。すぐに自分は間違ったことを言っていないというように、強い眼差しで見返してくる。

面白い。

「俺は違うと思ってる。君がその違いがわかるのなら、取材を受けよう」

こいつは、とても面白い。

「チョコが食べられたら取材させると言ったじゃないですか」

「今のは口に入れただけだ。味わって、味の違いに気づいて、初めて俺のチョコを食べてくれたということになる」

「屁理屈だ」

「その代わり、俺も譲歩しよう」

「…譲歩？」

「玉木楓のことをもっと知る努力をする。そして君のためのチョコを作るよ。君が『食べられる』本当のチョコをね」

「俺を知るって…、ストーカーでもするつもりですか？」

「まさか。君個人に興味がないとは言わないが、俺が知りたいのは君の舌と感性だ。君の仕事ぶりが知りたい」

「それなら本を…」

「本で味が伝わると？」

「…いいえ。まさか俺に料理を作れって言うんじゃないでしょうね？」

俺は自分の作ったチョコレートを一つ、口に放り込んでワインを飲んだ。

悔しいが的確だな。コーヒー味の方は、ワインには合わないし、豆の粒が残る。

「君の取材した店に連れてってくれ。君が美味いと思ったものを俺に教えてくれ。君が俺の仕事を取材したいのなら、俺にも君の仕事を教えて欲しい」

玉木は驚いたように目を見張り、それからニッと挑戦的に笑った。

ああ、いいな。

こういう気の強そうなところも好みだ。

「わかりました。では都合のよいお時間を教えてください」

「ＯＫ。ではまず携帯電話の番号を交換しよう。お互い、連絡が取れた方がいいだろうからね。但し、俺の番号はプライベートだから、社内の人間にも教えないでくれよ？」

「私のも他人に教えられては困ります」

「じゃ、お互い二人だけの秘密ってことで」

「はい。あの…、このチョコレート全部食べないといけませんか？」

「いや、別に。初めて食べたのにこれ全部は辛いだろう。あげるから持って帰っていいよ。妹…だっけ？　あの美人の桜ちゃんにでもあげたら？」

妹の名前を出した途端、ピリッとまた彼の空気が変わる。

「他人の妹を『ちゃん』呼ばわりしないでください。そういう下心があるなら、受け取るわけにはいきません」

ムッとした顔のまま、箱を突き返してくる。妹は鬼門か？

「下心なんかあるわけないだろう。あの程度の女の子なら、いくらだって客として店に来るんだから」

「桜はそこらの女の子とは違う。とびきりの美人だ」

力説するから、俺は思わず吹き出した。

きっと気づいてないんだろうな。双子の彼女を褒《ほ》めるということが、自分の容姿を自慢していることになるなんて。

「何がおかしいんですか」

「いや、失礼。確かに君の妹さんは美人だが、俺の好みじゃない。これでいいかな?」

「それなら…」

「さっきの言い方が気に障ったのなら言い直そう。これが商品ではないと注釈を付けてくれるなら、編集部に持ち帰ってみんなで食べるといい」

「それなら…、みんな喜びます」

「OK。では楽しく飲もう。持ち込みまでしてワインとコーヒーを一杯ずつだけでは店に失礼だからね」

悪い癖だと思う。

噛み付いてくる人間が好きだなんて。

長く海外にいたせいか、俺は日本人の『黙っていても伝わる』だの『沈黙が美徳』だのという感覚が好きではなかった。

欲しいものは欲しいと言って、手に入れるための最大限の努力をする方がいい。

仕事に意欲とプライドがある人間も好きだし、実力がある者も好きだ。

だから、玉木は気に入った。

気に入り過ぎるとマズイな、と思うほどに…。


自分一人が住むためのマンションは、広くて狭かった。

部屋自体は３ＬＤＫと一人暮らしには広すぎるのだが、三つの部屋のうち一つはチョコレートの資料で埋め尽くされ、一つは仕事用のパソコンが置かれた事務室になり果て、プライベートな空間はキングサイズのベッドを一つ置いただけの残りの一室だけだからだ。

リビングやダイニングは来客用。

くつろげるのはベッドルームのみ。

それでも、不足はなかった。

部屋にいる時間は短かったので。

朝、目を覚ますと軽い朝食を済ませ、すぐに店へ向かう。

店でショコラを作りながら味見をして、足りなかった腹を満たす。

昼には昼食を終えてお茶を楽しもうという客が訪れ、そのピークが過ぎてからやっと昼食の時間だ。

午後には午後でまた作業を続け、閉店まで働く。

これが大体の一日のスケジュールだが、手塚という片腕がいるから、全て一人でやらなければならないということはない。

腕を見込んで雇い入れた手塚は、レシピさえ渡せば俺の味を再現できるし、焼き菓子は彼の方が上手いので。

遊び歩くわけではないけれど、自由な時間を作ることはできる。

というわけで、翌日早速玉木から電話をもらい、彼と共に出かけることになった。

「単純かもしれないんですが、チョコが洋物なので洋食の店を選びました」

約束したのは夕方。

六時を過ぎた頃に迎えにきた彼を乗せて、俺の車で向かう店。

「この間もらった本に載ってたところか？」

「いいえ、あそことはまた別です。取材をするには料理にバラつきがあるので。でも、メンチカツが最高なんです」

「へえ、メンチか。久しく食べてないな」

「美味しいです。うっとりするくらい」

「うっとりねぇ」

そのセリフは俺のチョコに向かって言わせたかった一言だ。

「期待しよう」

車を降り、最後は徒歩で歩きながら都心の繁華街の裏通りに入る。

小さな構えの古びた店は、鉄の金具を打ってある重い木の扉を開けるとカウベルが鳴る、昔ながらの洋食屋だった。

カウンターと幾つかのテーブル席。赤と白のチェックのクロスをかけられたテーブルには小さな花が飾られている。

眼鏡の似合う白髪交じりのシェフといい、壁に飾られた油まみれの油絵といい、いかにもな雰囲気だ。

「こんにちわ」

玉木が声をかけると、店のアイテムのようにはまっていた眼鏡のシェフが顔を上げ、彼に向かってにっこり微笑んだ。

「いらっしゃい。今日はまた随分なイケメンさんと一緒だね」

「仕事先の方です。窓辺の席、よろしいですか?」

案内されるのを待たず、窓際のテーブル席に座る。

「どうぞ、どうぞ」

「メンチカツ二つ、お願いします」

「はいよ」

メニューも見ずに俺の分までオーダーか、強引なところもあるんだな。

「選ばせてくれないのかい？」

「ここで一番美味しいものはわかってますから。それを食べて欲しいんです」

「そんなにお勧め？」

「ええ。ここのメンチは俵型なんです。厚みがあって、中に肉汁がたっぷり閉じ込められてる。タマネギがその肉汁に甘味を加えてます。肉臭さはナツメグとシナモンが消してるので、そのまま食べてもいいくらいしっかりした味です。トンカツ屋さんで食べるメンチはソースですが、ここは洋食屋らしくデミグラスソースがかかってます。そのソースがまた美味しいんです。さらっとしてて」

玉木は目をキラキラさせながら語った。

しかもその説明が上手くて、食べる前から食欲がそそられる。

彼に、こんなふうに自分のチョコを語ってもらいたいと思わせるほどの熱弁だ。

本当は、バーで的確に自分のチョコを批評した時、取材を受けてもいいかもしれないと思っていた。

それを引き延ばしたのは、彼に対する個人的な興味だ。

好みの顔で、好みの性格で、認められる実力。

あわよくば、を狙いたくなるのは当然だろう。

だが、面倒臭そうだな、というのもわかっていたので、その辺のところをリサーチしてみようかと思ったのだ。

だが、誤算だった。

「ン、美味い」

細かな衣《ころも》はナイフを入れるとザクッと音を立て、中から肉汁が溢れ出る。

かけられたデミグラスソースはさらっとしているがコクがあり、付け合わせのキャベツは糸のように細く切られていてもシャキッとしている。

この美味さは、病み付きになる。

彼が勧める店はみんなこんなに美味いのか？　だとしたら、洋食以外にどんな店を用意してる？

彼に口説く隙があるかどうかチェックするよりも、そっちの方が気になってしまう。

「ここのキャベツは決まった銘柄じゃないんです。キャベツ前線みたいなのがあって、今はどこが旬だっていうのがわかってて、一番いい物を選んでるんです」

料理について熱心に語る彼の声に耳を傾けてしまう。

「それはわかるな。俺も日本では手に入らないフルーツなんかは、その時に一番いいものを取り寄せることにしてるし、何よりチョコレートはその年の出来を調べて買うことにしてる」

「チョコレートって産地で違うんですか？」

「それは当然だ。どんな植物だって、根差す土が変われば変わる。カカオバターが多いもの、苦みのあるもの、酸味のあるもの、クセのないもの。使うチョコレートによって味が変わるから吟味する」

「へえ…」

「それだけじゃない。それぞれの焙煎工場に足を向けることだってある。焙煎の仕方が変われば、同じ産地でも味が変わるしな」

「ちょっと待ってください。それ、メモります」

取材が仕事だから当然なのだろうけれど、俺のこういう話を真面目に聞いてくれる彼に好感を抱く。

チョコレートが好きだという男も女も、産地や豆の話まで興味を持って聞いてくれることは少ないから。

正直に言おう。

玉木との食事は最高だった。

彼の舌が選んだ美味しい料理、取材対象への旺盛な好奇心と熱心な姿勢。言葉遣いも悪くなく、礼儀も心得ている。

そして目の前には鑑賞に耐え得る容姿。

楽しくないわけがない。

「ありがとう。本当に美味しかったよ」

食事を終えて店を出た時に口にしたその言葉は、本心から出たものだった。

「…いいえ」

「何故《なぜ》妙な顔をする？」

「…小笠原さんって、もっと傲慢な人かと思ってました。いえ、その…、取材をすぐに許可してくれなかったし、俺のチョコを食べろとか言うから」

「自分の仕事にプライドがあるからな。言っただろう？　君の本と一緒だって」

「はい」

「まあ、傲慢じゃないとは言わない。それもまた一つの俺のアイテムだ」

「アイテム？」

「ヘコヘコと媚びへつらう人間が売る物より、尊大な人間が売る物の方が高級感があるからな。うちのチョコレートは、高級品なんだ。いつか、君に『コンビニとは違う』と言わせるものを食べさせてやるよ」

「『いつか』ですか？」

「まだ君の舌を研究中だ」

ほんの少しの下心で、俺は彼の肩に手を置いた。

気のせいでなければ、玉木はさりげなくその手から身を引いた。

触れられるのが嫌いなのか？

「次はどんな店に連れてってくれるか、楽しみにしてるよ」

俺は彼の態度に気づかなかったフリをして、にっこりと微笑んだ。

「君の取材を受けると決めるまでは、一緒に食事をするのは俺の仕事だ。だから、次からは俺が奢《おご》ろう」

「そんな。大丈夫です、経費で落ちますから」

「俺も経費で落とすよ。心配するな、これが参考になると思ったから言ってるんだ。俺はまた店に戻るから、残念だが今日はここまでだな。次を楽しみにしてるよ」

今度は触るのではなく軽く背を叩《たた》く。

玉木は長い睫毛を見せて少し俯《うつむ》いたかと思うと、キッとした顔でこちらを見返した。

「…それなら、プライベートにしましょう」

「プライベート？」

「ええ。ですから、ワリカンです。それなら次も紹介します」

「奢ってもらった方がいいだろう？」

「いいえ。これが俺の仕事でないというなら、俺のためにしてくれることですから、奢ってもらう理由がありません。ワリカンでなければお誘いしません」

頑固そうだな…。

言い合うのも面倒なので、俺は彼の要求を呑んだ。

「わかった。じゃあワリカンだ。それでいいな？」

「はい」

店も軌道に乗って一人で気負わなくてもよくなったのと、セフレと別れて時間を持て余していたせいもあって、俺は彼を自分の楽しみに加えた。

食事と鑑賞というメリットを目当てに。

「車で近くの駅まで送るよ」

「ありがとうございます」

自分でも意外なほど、心を躍《おど》らせる対象として。


「ここのラーメン屋は魚介系スープじゃないんです。最近はそれが流行なんですけど、完全にトンコツだけで作ってるんです。麺は細目のバリカタで。あ、バリカタって言うのは芯が残るほど硬いっていう意味なんですけど、その硬さが歯ごたえがあってスープにマッチしてるんです。肉もチャーシューじゃなくて、独特の角煮で、味は濃いめ。たっぷりの生キャベツがまた絶妙で」

その日以来、毎日のように俺は玉木と夕食を共にした。

彼から来るメールはいつも二択。

ハンバーガーとラーメンとどっちがいいか。

和食と蕎麦《そば》とどっちがいいか。

俺がその片方を選んで返信すると、待ち合わせの時間が送られてくる。

時間が来ると、彼が俺の店を訪れ、外のテーブルで待っている。中へは決して入ろうとしなかった。

「蕎麦は好みもあるでしょうが、俺は十割《じゅうわり》より更級《さらしな》の方が好きです。ここの店主は脱サラなんですけど、腕は確かです。辛み蕎麦のぶっかけがお勧めですけど、あつものならやっぱり天蕎麦ですね。東京のものは汁が辛いんですけど、ここのはわりとあっさり目なんです。ネギをたっぷり入れて食べると、身体が暖まりますよ。もし蕎麦だけで足りない時は、お茶碗一杯分の卵丼を頼むといいです。でも俺は食後にそばがきの汁粉を頼むのでご飯は食べませんが」

彼を車に乗せ、道案内をさせ、都内のあちこちへ足を伸ばす。

ある時は都心の一等地、またある時は郊外の住宅地、またまたある時は商店街の裏通りと、住所も立地もバラバラだ。

「カルボナーラは最近ではどこで食べても美味しいんですけど、昔は卵が固まっちゃうところが多かったんですよね。でもここは凄く滑らかでコクがあるんです。パンチェッタを炙《あぶ》ったものがトッピンクで、肉っけがあります。サービスの前菜で出るトマトの茶わん蒸しが絶品で。トマトを潰してジュースにしたものを使うんですが、よく漉《こ》されてるのでトマトの色が出ないんです。本当に野菜の旨みだけを生かした茶わん蒸しで、トロトロなんですよ」

そしてそういうところへ連れて行かれる俺の感想は、バカみたいにいつも一緒だった。

「美味い」

彼の説明は的を射てるし、食欲をそそる。

事前に聞いても、食べてる最中でも、料理を口に運ぶと、彼の言葉が的確に料理を表していることに驚くほどだ。

どこの店も、ちゃんとその味を自分の言葉で口にできるほど味わって、他人にそれをちゃんと伝えることができるのだ。

だからこんなに若いのに、一人で一冊の本を任されているのだろう。

彼には悪いが、俺はあのムックの見本をもらってから、彼の勤める出版社についてネットで調べてみた。

そんなに大きな会社ではなく、メインの出版物は女性誌。

その中で、コンビニ等におろす写真掲載のムックやハウツー本を出している。

売上はまあまあ。

いや、会社の小ささから言うと、結構な評判だ。

書評サイトを覗《のぞ》いても、そこに書かれているのは同意を示すものや、行ってみたくなったという好意的なものばかりだった。

書いてあることと違うなんて反論はない。

彼に、自分のチョコレートを説明させてみたい。

玉木は、俺のチョコレートをどんな風に評するだろう?

甘い物が苦手だという彼の、形のいい唇を開いて、小さな一粒を押し込んでやりたい。

他のヤツが作ったものはダメでも、俺が作ったものは美味いだろう? もう一粒欲しくなる味だろう?

この美味さをどう表現する?

けれど、現実はまだあのバーで食べさせて以来、彼にチョコを提供してはいなかった。

玉木が、適当な人間ではないと気づいたからだ。

ただ甘くて綺麗で、高いブランドのチョコが食べたいヤツではない、彼はちゃんとそれを味わう。

ならば生半可なものを出したくない。

もちろん、いい加減な物を作るつもりはなかったし、作ったこともない。

彼に食べさせたコーヒーのも、コショウのも、店に並べて遜色があるとは思わない。

だが自分の中に『甘い物が食べられない人間に、とにかく口に入れてもらう物』でしかなかったという後悔がある。

最初の態度の悪さと、顔の可愛さだけで、彼が口の達者なだけのガキだと思っていた。

だが今は違う。

彼は『味わう者』なのだ。

だったら、彼が甘い物が苦手ということを踏まえても、極上のものを提供したい。

玉木が自分を連れて行ってくれる店の料理を口に運ぶ時の、あのドキドキするような、期待に満ちた目を自分のチョコレートにも向けて欲しい。

俺の作った物を食って幸福感を味わって欲しいのだ。

なのに俺ときたら、彼に失敗を指摘されてしまったから、その課題のハードルを上げてしまっている。

チョコなどもうずっと食べていないと言うのに、砕いたコーヒー豆を入れるという物珍しさにごまかされず、その舌触りを批評した彼に、恥ずかしくないものを出したいと。

「チョコレートの原料はカカオだが、その殆《ほとん》どは南で生産されている。年間平均気温二十七度以上のところだ。西アフリカ、東南アジア、中南米。政情が安定していない国も多い。だから、そのせいで原料が手に入らないこともある。そうなるとあっという間に価格は高騰する」

彼と一緒に過ごすことが楽しいと思うのは、紹介してくれる料理が美味いというだけではなかった。

「大手の製菓会社なんかは、そういうリスクを避けるために、農園と直接契約するところもある。だがそれでは多種多様な味を扱うことができない。だから俺は自分の舌と足で探して、カカオにあったチョコレートを考える。自分の求める味を作るために素材を集めることもあるし、素材の良さに魅《ひ》かれてチョコレートを考えることもある」

彼が、俺の話をじっと聞いてくれるからだ。

普通の人ならすぐに飽きてしまうような話題でも、彼は真剣に聞いてくれる。

「現地に足を運ばれることもよくあるんですか？」

「いや。本当は毎年行きたいくらいだけれど、そうそうはね。フランスにいた頃の師匠が行くんで、結果を教えてもらうのが大体だな」

「ライバルにはならないんですか？」

「俺なんか、ライバルにはならないよ。もしそう思われてたとしても、そんなケチ臭いことはしないだろうがね」

最初は聞き手に徹していたが、そのうち彼の方から質問してくることもあった。

「チラッと見たんですけど、マンディアンって何ですか？」

「ドライフルーツやナッツを混ぜたものだね。それを乗せたチョコレートのこともそう呼ぶよ」

「ああ、写真がそんなのでした」

「本とか読むのか？」

「はい。食べられないので、せめて知識だけでもと思って。何にも知らないので。ガトーってよく使われますけど、あれはどういう意味です？」

「菓子だよ。ガトーショコラならチョコレート菓子、プチガトーなら小さいお菓子だ」

「ああ、なるほど」

質問は他愛ないものばかりだったが、知ろうとする努力が見られる。

今更聞けない用語的なものが多かったが。

回を重ねるごとに質問だけだった話題がゆるやかに変化もした。

「小笠原さんの店ではチョコレートと焼き菓子を売ってるんですよね？」

「チョコレートドリンクやサンドイッチも売ってるよ」

「サンドイッチはチョコと関係ないでしょう？」

「いや、チョコが入ってる」

「チョコが…？」

「そう嫌そうな顔をしなくても…」

「すみません」

見せる表情も多くなった。

子供のように好奇心を表に出したり、嫌悪感を見せたり、すまなそうにしたり。

「固めのパンに薄切りのハムとマスカルポーネチーズ、そこに削ったビターチョコレートを合わせる。齧るとチョコのカリカリっとした食感も楽しめる。それなら玉木くんも楽しめるかもね」

「はぁ」

「甘い匂いがダメって生理的なことか？」

ただ、この質問に関してだけは、ガードが堅かった。

「…まあそんなものです」

このことに触れると、途端に今まで見せていた表情が全て消えてしまう。

そしてすぐに他の話題に切り替えられる。

「小笠原さんはよく行かれる店とかないんですか？」

「店？　食事？」

「お食事だけじゃなくても」

「食事は基本自炊だからな」

「小笠原さんが作られるんですか？　まさかチョコの…？」

「カレーに入れたりするけど、毎食チョコ食べてるわけじゃないよ。だが朝飯がチョコって日はあるな」

「…鼻血出たりしません？」

「チョコを食べると鼻血が出るなんていうのは、医学的根拠はないんだ。迷信だよ」

だが、総じて彼と過ごす時間は楽しかった。

彼といると、笑みが零れることも多く、丁度いい息抜きになっていた。


「まさかと思いますけど、食ってないでしょうね？」

仕事終わり、明日の約束を玉木にメールで返信した途端、傍らから声が聞こえた。

「片付けの最中につまみ食いもないだろ。ちゃんと洗ってるぞ」

「チョコレートのことじゃないですよ、そのメール。あの編集者でしょう？」

川添と品川は俺の趣味を知らない。この店を開くときに雇った人間だから。

だが、手塚とは以前から付き合いがあり、彼は俺の嗜好《しこう》を理解していた。同好の士ではないが、見て見ぬふりをしてくれる程度には。

だが今回は目を瞑《つぶ》ってくれる気はないらしい。何も知らない二人が帰ってすぐに、この話題を口にするのだから。

「何のことかな?」

「小笠原さん」

手塚は細い目を更に細くして、ジロッと睨んだ。

「相手はどう見たってそっちの人じゃないでしょう。しかも編集なんて、メディアの人間だ。ヘタなことしてこの店を潰さないでくださいよ?」

ズバリと言われて肩を竦《すく》める。

「食ってないよ。それどころか、そっち系の話は少しも出てない」

「じゃ、何故毎日連絡取り合ってるんです?」

「食事に連れてってもらってる」

狙ってもいない餌を警戒されるのは得策ではないと、俺は手塚にこれまでのことを全て説明した。

彼が取材を申し込んできたこと、甘い物が苦手なこと、けれど、匂いさえなければ食べられるのではないかということ。

玉木の舌は確かで、彼に正当な評価を得たいと思っていること、彼の取材は一冊丸々自分を特集したムック本に繋がることなどを。

「純粋な気持ちだ」

「でも甘い物がダメなんでしょう?」

「エッセンスを外したものは食べられる。後は、甘味が強くなった時にそれを口に運べるかどうかだな」

「アレルギーじゃないんですか?」

「違う。だがもう自分は甘い物がキライという考えが凝り固まってる。ジュースなんかは飲むから、本当に匂いだけなんだろう」

俺が純粋と言ったせいか、手塚も真面目な顔で近づいてきた。

「色気より食い気でしたか…」

「何?」

「いえ、可愛い子だったんで、そういう目的なのかと思ってたんですけど、ショコラティエとしてのプライドの方が優先されたんだな、と。ちょっとホッとしました」

「人を何だと思ってるんだ。俺は問題を起こしそうな人間は相手にしないぞ」

彼は安堵《あんど》したように頷いた。

「フルーツ系が大丈夫なら、そっちから攻めたらどうですか？　パートドフリュイで、果物の香り付けて。チョコレートの方はバニラを抜けばいいでしょう？」

「ただ食べさせるだけじゃなくて、美味いと言わせたいんだ」

「いい傾向ですね。で、勝算は？」

シンクにもたれかかり、腕を組む。

勝算か…。

「香辛料系で行きたいんだよな。『食べさせられるようになる』と『食べたいと思わせるようになる』は違うだろう？　甘いのが苦手だから克服させたいっていう気もあるが、俺のチョコが食いたいと思わせる方が上だから」

「じゃ、ピンクペッパーなんかどうです？」

「ペッパーは最初に食わせた。反応は悪くなかったが、もっと感動させたい」

「一足飛びには無理でしょう。まずは『食べられるようになる』からクリアしたらどうですか？　食べられるようになれば、美味いって思ってくれるようになるでしょう？　そこでとっておきのパンチを出せばいいじゃないですか」

「うーん…。簡単なので、『これが小笠原の味か』って思われたくないんだよね」

「前置きすればいいでしょう？　これは苦手意識を克服させるためだけのものだって」

「そうか…」

自分が認められることだけを考えていたが、彼のことを思えば、一つずつステップを踏んだ方がいいのかもしれない。

今まで毛嫌いしていたのだから、まずは味に慣れさせないと。

「彼、ケーキも食べたことないんですかね？」

「訊いてないけど、多分」

「パンは？」

「パンくらいは食べるだろう」

「スプレッドならどうです？　ナッツ系の」

「どうかな。それよりビターの方がいいだろう」

「甘くないものじゃ、克服になりませんよ？」

「じゃ柑橘系？　ライムとかミントとかの匂いだったら何とかなるかも」

「シナモンはどうです？　あとは、お茶系？」

「ジャスミンとかアールグレイか…。抹茶は定番過ぎるから焙じ茶なんかもいいかもな、考えてみよう。ありがとう、手塚。参考になったよ」

「どういたしまして。真面目に仕事してるなら、いくらでも協力しますよ」

ナンパの協力はしないけど、と言外に言われた気がする。

でもまあいいか。ナンパは手伝ってもらうものでもないのだし。

「ああ、明日焼くフィナンシェ、半分だけチョココーティングさせてみようと思うんだけど、どうかな?」

「チョココーティングですか?」

「朝、少し遅れるかもしれないから、品川と二人で試作してみてくれ。ビターとスイートとホワイトと、三種類。それに、ドライフルーツのトッピングも試してくれ」

「わかりました。携帯は繋がるんですよね?」

「ああ」

「じゃ、お先に」

気が済んだのか、手塚はそれだけ言うと厨房から出て行った。

残ったのは俺一人だ。

「まずは食べられるようにすること、か」

エプロンを締め直して、冷蔵庫からクーベルチュールを取り出す。

店の来月の商品を試作するつもりだったのだが、明日会うのなら手塚の言葉に乗っかっ

作る。

「酒は大丈夫だったから、洋酒を効かせてアールグレイでも作ってみるか？」

炒《い》っていないアーモンドを挽《ひ》き潰して砂糖を混ぜ、ペースト状に練り、ガナッシュを作て、玉木のための作品を作ってみるか。

それにリキュールを垂らして香り付けをする。

アールグレイの茶葉を煮だし、苦みが出る前に漉して更に煮詰める。

玉木が、一流の批評家だというわけではない。

本は出してもらえるかもしれないが、今の自分なら彼のところでなくとも、その内同じような企画が持ち込まれるだろう。

昨今の食ブームもあるし、その程度の自信もある。

なのにどうして、こんなに自分はやっきになっているのか…。

「下心か…」

手塚の心配を思い出して手が止まる。

彼が食えるなら、つまりその気がありそうなら、きっと自分は手を出していただろう。

もっと軽くて、男がＯＫそうだと思えば、口説いてみたかもしれない。

彼が、自分の腕の中で乱れる姿を想像するとそそられる。綺麗な顔が色っぽく蕩けてゆくのはさぞや俺を満足させるだろう。

スーツに包まれた身体にも興味はある。

だが、それよりも彼に対して望むのは、満面の笑みで『これ、凄く美味しいです』と言わせることなのだ。

色気より食い気と言われたが、色気よりプライドと言った方が正しいだろう。

ショコラティエとしてのプライド。

そして…。

手塚には知られたくはないが、男としてのプライドもある。

今まで自分が相手にしてきた男は、俺に価値を見いだしていた。それが外見でも、ショコラティエとしての腕でも、名声でも。

俺という人間を認め、その上でベッドの相手を望んできた。

今、玉木を口説いたとしても、彼が同性愛者であって応えてくれたとしても、彼はすぐに俺など忘れるだろう。

俺を望んでも認めてもいないから。

こちらが一夜限りの相手を求めるのはいい。翌日には忘れてしまうような者を相手にしてもいい。

だが自分が使い捨てされるのは嫌だ。

だから、あいつに俺を認めさせたいのだ。

玉木が俺を取材したいのは、上から言われたからだというのも腹立たしい。今まで案内してもらった店のように、彼自身に惚れ込まれて取材したいと言わせたい。

自己顕示欲が強いと言われても、それがなければ生き抜いていけない世界で生きてきたのだから仕方ないだろう。

「アーモンドも使ってみるか…」

だから、試作は真剣だった。


「今日は、君のお勧めの店へ行く前に、俺に付き合ってもらいたい」

翌日、玉木が店に現れると、俺はそう言って彼を誘った。

「どこかいいお店でも紹介してくれるんですか?」

最近は懐いてきたと言うか、親しみを見せてくれる玉木は驚きもせずにこっと笑った。

「いいや。付いてくればわかる」

彼を車に乗せ、向かったのは自分のマンションだった。

この間の店で持ち込みをしてもよかったのだが、彼の反応をじっくりと観察したいと思ったので、二人きりになれる場所を選んだのだ。

目的地が俺の自宅だとわかると、彼は少し緊張した。

到着して部屋の中へ入ると、その緊張は更に強まった。

「楽にしていい。ここに人を呼ぶのは特別なことじゃない」

「…はい」

上着を脱ぎ、彼にもくつろぐように言ったのだが、玉木の背筋は伸びたままだった。

リビングのソファに彼を置いて、キッチンへ向かう。

お湯を沸かしている間に　白いシェル形の皿へ持ってきたボンボンショコラを飾り、青いレース柄のティーセットを用意する。

食べるということは視覚も含めて味わいだと思っているので、食器も吟味した。

薄く入れた紅茶と共に、それをリビングの彼の前へ運ぶ。

「どうぞ」

俺は、ソファに座る彼の足元に腰を下ろした。

見上げるようにして、それを彼に勧める。

「まず紅茶を一口飲んでからにするといいよ。口の中が温まるように」

「別に寒くは…」

「口の中が温かくなると、チョコレートの口どけがよくなるだろう?」

「あ、はい」

納得してカップに手を伸ばす玉木に、俺は保険をかけた。

自分の仕事に自信がないわけではないが、これが百パーセントだと言い切るには、定番過ぎるかもしれないと後悔があったので。

「好きなものから食べていいよ。まだ肩慣らしだけど、今回は甘い物にしてみた。君の好みというより、一般の人が美味しいと思ってるものだ。それを試してもらいたい」

甘いもの、と言った時点で、彼が怯《ひる》むのがわかった。

だからもし彼が嫌そうな顔をしても、それは俺の作品だからじゃなくて、甘いものが嫌なのだと思える。

意気地がない。

フラレるのが怖くて、『好きだ』と言えずに『俺達いい感じじゃね?』とごまかすガキの気分だ。

「じゃ、これを…」

玉木の細い指が最初に選んだのは、ブラックベリーティーのガナッシュにブラックベリーのパートドフリュイを載せ、チョココーティングしたものだ。

薄い酸味と、紅茶ならではの淡い香りがついているが、甘ったるい匂いではない。

スクエアなフォルムに、パートドフリュイの形が浮かび上がったそれを、彼は半分だけ齧った。

「…ベリー系？」

次の瞬間、待ちに待った表情が浮かぶ。

「美味しい」

ふわっと、花がほころぶように口元が緩み、笑みを作る。

「ベタッとした甘さじゃ無くて、さっぱりしたベリーの甘味がよく出てる。それに、香りがいい」

「香料じゃないからね」

「ベリーの香りだけでこんなに強く？」

「ベリーティーのガナッシュなんだ。だから紅茶の香りだね」

胸がわくわくした。

達成感と共に、昂揚感が増す。

店で売るようになってから、自分の作品を口にする人間は遠目で眺めるものだった。メディアで取り上げられても、店で感想を言われても、それはそれで嬉しいけれど、食べた瞬間を見ているわけではない。褒められても、それが気遣いなのか真実なのかを見極めることがなくなっていた。

だが今、目の前で俺のチョコを食べる玉木の姿はリアルだ。ライブだ。

「これは…、チョコの中にサクサクしたものが入ってますね」

味わっている。

「フィヤンティーヌだ。クレープ生地をサクサクに焼いたようなものだ。中がキャラメルで柔らかいから、ベースにアクセントを付けてある」

玉木は俺のチョコを、ちゃんと『味わって』いる。

「これ、塩キャラメルですね？　でも塩気が厭味じゃなくて、甘味を引き立ててる。俺、キャラメルの味を口にするの、十何年ぶりだろう」

それが実感として伝わり、喜びが湧く。

俺のチョコレートを批評する彼の言葉が、愛の囁きに聞こえそうだ。

「このトリュフチョコレートも凄いです。これは味って言うより食感が、中身のガナッシュに、レモン？　ライム？」

「ライムを効かせたビターガナッシュだ」

「ええ、それも美味しいんですけど、周りのチョコが、厚みがあるのにパリパリしてて」

「量産する店では、ガナッシュをコーティングしたら後は成型のためのチョコに沈める。だから厚みは一回だけでつけられる」

「あ、わかります。齧ると中からコロッとしたものが出てくることがあるんですよね」

「だがうちのは、その大きさになるまで何回もチョココーティングを繰り返すんだ。かけて、乾かして、かけて。だからパイのようなサクッとしたパリパリ感が出る」

「手間と時間がかかってるんですね」

「コンビニの菓子以上にね」

意地悪く言うと、彼は目を伏せた。

「すみませんでした。心から謝ります。コンビニのものだって、決して悪いとは思わない。レトルトのカレーがヘタな店よりずっと美味いことだってある。でも、本当に手間暇かけた美味しい店とはやっぱり違うのと同じように、きっとこれも別のものなんだろうと思います。…コンビニのチョコはまだ食べてないけど、これと比べるために一度食べてみてもいいのかなって思いました」

…やった。

彼が、俺のチョコの前に膝を折った。

いや、彼にとってはそれほどおおげさなことじゃないのかもしれないが、俺にとってはそんな気分だった。

「もう一つも食べていいですか?」

「もちろん。全部君のためのものだから」

聞いたか? 『もう一つ食べても』だぞ。店の前で『キライ』と言って憚《はばか》らなかった男が、『もう一つ』だ。

嬉しくて、玉木を抱き締めてキスしてやりたかった。

どうだ、俺のチョコは美味いだろうと胸を張りたかった。

だがここはグッと我慢だ。そんなガキっぽいことはできない。

「これは…、何が入ってるんです?」

「ライスパフだ。ヘーゼルナッツのプラリネに少しだけコアントローを垂らしてある」

紅茶で舌を洗い流しては、チョコレートを口に運ぶ。

口に入れると、顎をゆっくり動かして味を確かめる。

目を閉じて、うっとりとしながらまた一つ。

「チョコって、もっと甘ったるいだけで油っぽいものだと思ってました。でも、何て言えばいいんだろう…。舌触りがよくて、苦味のアクセントが引き立つ甘味があって…。フルーツともよく合ってます」

彼の横顔を見つめながら、俺はあることに気づいた。

彼は、ちゃんと『甘味』を感じている、と。

「玉木くん、君の甘い物に対する苦手意識は、どうやら匂いだけみたいだな」

「え？」

「最初に食べさせたチョコは、君が甘い物が苦手だというから苦味の強いものを選んだが、今回のはどれも普通に甘みを感じるものばかりだった。だが君はそれを美味いと言った」

「でもこれは苦味がしっかりしてます」

いい指摘だと思ったのに、彼はそれを拒むような顔をした。

「確かにチョコレートはビターな物を選んだが、中のガナッシュは甘いし、フルーツ系は言わずもがなだ。だがそれを不快だとか、不味いとか思わなかっただろう？」

「…はい」

「だったら、バニラの匂いがダメなだけなんじゃないかな？」

「バニラ？」

「この間も言ったように、大抵の量産菓子はバニラで匂い付けされることが多い。それが鼻についてるだけで、他の匂いは大丈夫なんじゃないか？　そして味としての甘みも、大丈夫なんじゃないか？」

彼は戸惑うように視線を泳がせた。

「…そうでしょうか？」

「少なくとも俺はそう思う。一度嫌いだと思ってから近づかないようにしてたんだろう。だから余計に苦手意識が強くなってるだけだ」

玉木は舌に残るチョコレートの甘味を拭い去ろうとするように、紅茶を口に含んだ。

「さっきも言ったように、今回は君に甘い物を食べられるようにするためのセレクションだ。それを君は美味いと言ってくれた。これなら、取材を受けてもいい」

「え…？」

「俺のチョコレートをちゃんと食べることができる人だと認識した。是非その目と舌で、うちの店を紹介してくれ」

「ありがとうございます」

喜びを溢れさせ、玉木は俺に抱き着いた。

「よかった、ありがとうございます！」

抱き着きたいのを我慢していた俺は、ここぞとばかりにその背に腕を回した。

「そんなに喜ばれると思ってなかったな。こっちこそありがとう」

偶然を装って、唇を軽く頬に当てる。

だが余禄《よろく》はここまでだった。

「あ、すみません」

こちらの下心を気づいたかのように、玉木がパッと離れてしまう。

少しでも照れてくれれば、と思ったのだが、彼の顔は少し強ばっていた。

キスに気づかれたか？

それとも、取材対象者に気安くし過ぎたという後悔か？

「いや、役得だったよ」

試すように微笑むと、彼の強ばった顔が少し緩んだ。どうやら下心に気づかれたわけではなさそうだ。

「小笠原さんって、平気でそういうこと言いますよね。やっぱりフランス帰りだからですか？」

「フランス帰りは関係ないだろう」

「でも何となく、フランス人って平気で甘いこと言うじゃないですか。妹には手を出さないでくださいよ」

「妹？　ああ、双子の。店で会ったあと顔も見てないよ。それに、気を付けるならフランス人よりイタリア人だな」

「そうなんですか？」

「フランス人は歯の浮くようなセリフを口にするが、誰にでも食らいつくわけじゃない。だがイタリア人は女性を見たら口説かないと失礼だと思ってる人種だからな」

「若い女性は危険ですね」

「いや、子供でもおばあちゃんでも、一応は口説く。礼儀として」

彼は理解出来ないという顔をした。

「気をつけさせます」

シスコンだな。

「小笠原さんって…、真面目な職人さんなんですね」

「うん？」

「今だから言いますけど、俺…、いえ、私は、最初にこの話を命じられた時、あなたはもっとその…、ナンパな人だと思ってました。イケメンで、ちょっとメディアに取り上げられるようになって、いい気になってるんだろうって」

「『俺』でいいよ。こんなに親しくなれたんだ、もうかしこまらなくてもいいだろう」

「いえ、そんな」

「その方が俺も気が楽だ。第一、玉木の先制パンチは食らってるしな」

「先制パンチ？」

「店の前で言い放っただろう？　『甘ったるいだけの塊ってキライなんだよ』って」

「聞いてらしたんですか？」

玉木の顔が赤らむ。

うん、可愛い顔だ。

「訂正する？」

意地悪く追い詰めると、彼は困った顔をしたがすぐに顔を上げて真っすぐに俺を見た。

「いいえ、訂正はしません。甘ったるいだけの塊なんて、キライです。でも、小笠原さんのチョコレートはそうじゃなかった。だからキライじゃないです」

相手に合わせて言葉を操るわけではないところがまたいい。

「今はとても反省しています。あなたのことも、あなたのチョコレートのことも誤解していたと」

「それは嬉しい反省だな。じゃ、俺も告白しておこう。君はもっと頭が堅くて、食べ物のことなんかわかってなくて、ましてやチョコのことなんて全然わかってない、ただのガキだと思ってた」

　怒るかな、と思ったのに、彼はとても穏やかな目をしていた。

「それでも、ここまで付き合ってくださったんですね」

　…いい子だ。

「ありがとうございます」

　彼は、人の気持ちがわかるいい子だ。

「お互い意思の疎通が出来た記念に、ハグしてもいいかな？　ほら、男同士だし」

「え…、それは…」

　返事がノーになりそうだったので、俺は強引に彼の身体に腕を回した。

　力を入れず、そっと、包むように。

「これからよろしく、玉木」

　それでも、腕の中の彼が緊張して身体を硬くするのがわかった。

「あ、はい。よろしくお願いします」

　このまま、腕に力を入れたい。

　抱き締めて、キスしたい。

　彼が自分を認めて、評価してくれた喜びを伝えたい。彼が愛しくて、可愛くて、仕方がないという気持ちを伝えたい。

押し倒して、自分のものにしたい。

今までのセックスだけの相手とは違う気持ちが生まれている。

だが俺は理性を振り絞ってその腕を解いた。

今ここで強引に出れば、彼はきっと逃げてしまうだろう。

「さて、食事にいくはずだったけど、今日はこのまま俺が何か作ろうか？」

「小笠原さんが？」

「自炊歴、長いからね。まあまあな物を作るよ」

「ああ、カメラ持ってくればよかった。ショコラティエの料理だなんて」

「それはまた次回にするといい。これで最後なわけじゃないだろう？　これからはずっと俺のことを追い回してくれるんだろうし」

「追い回すだなんて」

「本のコンセプトラインも聞きたいし、今日はゆっくりするといい。まだチョコは余ってるから、持って帰っていいよ」

「はい。ありがとうございます」

にこっと笑う彼の顔に、俺は胸が締め付けられるのを感じた。

外したばかりの腕を、また伸ばしたくなる。

「お料理、作るところを拝見してもよろしいですか？」

「いいよ。これから君が自分のことを『俺』って言うならね」

それは、危険な兆候だという自覚があった。

相手が、ウブでノーマルな玉木だから。


玉木が、正当な評価を下せる舌を持っているとわかった時から、俺は彼が自分のチョコレートをどう評価するかが知りたくなった。

彼に褒められたい、彼を満足させたいという気持ちで、ずっと彼を見つめていた。

理解し、分析し、リサーチするために。

彼に嫌われたくない。

だから慎重にやりたい。

俺は玉木の言葉が欲しい。

そうやって彼を追い求めることは、どこか恋に似ていると思ったこともあった。

だが、やっと彼から望みの言葉と表情を引き出した時、その気持ちはショコラティエとしてのプライドを満足させ、昇華させ、もう一つの気持ちだけを残した。

恋に似ている、じゃない。

恋だ。

批評家ではなく、編集でもなく、玉木という個人を喜ばせ、彼に好かれたいという気持ちだ。

だが俺は知っていた。

ノンケでウブな人間にとって、自分の恋愛スタイルが受け入れられるものではないということを。

セックスは楽しみ。

人との付き合いは浅く広く。

甘い言葉など必要もなく、フィーリングだけでベッドへ誘う。

これがそういう人間の集まるバーで見かけた人間だったなら、いいなと思った次の瞬間にこう声をかけただろう。

「今晩時間はある？　相手は俺でどう？」

好きだとも、気に入った理由も口にせず、そのままホテルへ向かっただろう。そして相性がよければ次の約束をし、合わなければ『楽しかった』の一言でお別れだ。

俺は、純粋な恋愛などしたことはなかった。

子供の頃はモテてたので、好かれる努力を必要としなかったし、大人になってからは誰と付き合っても長続きすることはないだろうとわかっていたので。

自分の努力が足らなくて別れる、ということではない。

日本にいた頃は、親の再婚など家庭がゴタゴタしていて恋愛に集中することはできなかったし、フランスへ渡ってからは、いつか日本に帰るのだから距離的な別れが待っている。

日本へ戻ってからは店のことで頭がいっぱい。

恋人ができたって、相手にかまってられる時間はない。

第一、今まで付き合ってきた連中は俺の仕事を理解しなかった。

女がよく言うあのセリフ、『仕事と私とどっちが大事なの?』を、男からも何度か言われてしまった。

もちろん、俺の答えは『仕事』だ。

恋愛は一過性だが、仕事は一生のもの。比べる方がおかしい。

それを理解してくれたのは、最後の相手だった、宮川だけだった。

だが理解してくれただけに、彼は自分の仕事のためにイタリアへ向かい、俺はそれを引き留める気も起きなかった。

でも玉木は違う。

彼は、俺の仕事を認めて近づいてきた。

俺の仕事を素晴らしいと思ってくれている。

食事に誘われた時も、俺が仕事を理由に時間の変更をさせたり、キャンセルしても、『仕事ならしょうがないですね』と言ってくれた。

仕事の上の付き合いだからかもしれないが、俺にとってはプラスポイントだ。

俺の仕事の話を興味深く聞いてくれるし、出来上がった作品をちゃんと味わって評価してくれる。

容姿は最初から好みだったし、最悪だった出会いのせいか、その後に見せる可愛い表情や、照れた顔や、強気の顔に魅了される。

あれが欲しい。

初めてと言ってもいい欲望だ。

彼に、『俺』で笑って欲しい。

自分が相手に何かを求めるのではなく、自分が相手に何かをしてやりたいなんて、今まで考えたこともなかった。

だからこそ、慎重にしなければならないこともわかっていた。

ああいう人間は、一度逃げたらもう戻ってこない。

嫌だと思われても、逃げるのではなく、怒ったり注意したりで済ませてくれるほどこっちに惚れさせてからでないと、手は出せない。

玉木を、自分に惚れさせなければ。

俺はまず玉木に餌をバラ撒《ま》いた。

「うちにチョコレート関係の本があるから、見に来るか？」

仕事に対して好奇心旺盛だから、まずはそれで彼を自分のテリトリーへ手繰《たぐ》りよせた。

「いいんですか？　仕事忙しいんじゃ…？」

「ああ、だから俺の店が終わってからってことになるが。それでもいいだろう？　雑誌の編集者って遅くまで仕事してるって言うし」

「それはいいですけど…」

「一人暮らしなら、泊まってってもいいよ」

「いえ、自宅です。それに外泊はしません」

自宅か…。それに外泊禁止とは、また一つハードルが上がるな。

「なら、一回につき一冊貸してあげよう。自宅へ持ち帰ってもいいよ」

「一冊ですか？」

それならば何度も来なくちゃならないだろう？

「大切な本だし、使うこともあるから」

でも本当の理由は言わない。

「そうですね。大切な本でしょうし」

「洋書もあるから、それは訳してやるよ」

「ありがとうございます」

俺の下心を知らないから、彼は俺を親切な人だと思うだろう。その親切が、自分だけに向けられているとも知らないで。

だがそれでいい。

「兄妹二人きり？　他にはいないの？」

「二人だけです。でも妹は紹介しませんよ」

「わかってるよ。言っただろ、美人だけど好みじゃないって。ただ、兄弟がいっぱいいるなら、土産でも持たせてあげようかと思っただけさ」

「お土産なんていりません」

「でも君の周囲は期待してるんじゃないのかな？　取り敢えずは編集部とか。俺のワガママで企画をずるずる引っ張ってるからね、そのお詫びも込めて」

「本当にいいのに。…でも、ありがたく受け取ります、編集長が小笠原さんのファンだから。サイン貰いたいとか言うんですよ」

「別にいいよ？」

「いやでも…、そうしたら他にも欲しがる人がでるから。小笠原さんの担当になる人は争奪戦だったんですよ。あんまり女性陣がモメるから男の俺がなることにしたくらいで」

「それはありがたいね。じゃ、サイン欲しい人全員に書いてあげるよ。人数を聞いておいで。ショップカードに名前だけ、でいいなら」

彼の欲しがるものを与える。

気負いのない程度に。

じわじわと、浸透させるように。

だが、彼は鑑賞用ではない。

気を抜いていると、こっちがやられる時もある。

仕事を終えた遅い時間からの打ち合わせとなるので、面倒だから俺の部屋でしようと誘ったマンション。

広いリビングは接近することはできず、自制心も働く。

ドア一枚隔てたところにあるベッドの誘惑にも、ガツガツしてるわけじゃないから打ち勝ってるつもりだった。

「今までの料理人の時には、自宅でできるレシピなんかを付けていただいていたんですけど、チョコレートでそれって難しいですかね？」

「今時はバレンタインも手作りだし、いいんじゃないか？　簡単で見栄えがいいのはマンディアンだな。溶かしたチョコレートを広げてその上にドライフルーツを飾って固めるだけだから」

「それは簡単過ぎます」

「じゃ、マカロン？」

「チョコっぽくないなぁ」

手の届くところで、考えるように口を尖《とが》らせるのを見ていると、心がグラつく。

「チョコレートの用語って、わかりにくいんですよね。俺にはさっぱりで。簡単な用語集も入れたいなぁ」

直向《ひた》きに資料を見つめている長い睫毛に触れたくなる。

「あ、写真もわた…、俺が撮りますから」

俺が命じた、自分のことを『俺』と呼ぶようにという命令を、戸惑いながら実行するけなげさも可愛い。

「できるの？」

「酷いなぁ。今までのも、俺が撮ってたんですよ」

でも何より、ふいに見せる全開の笑顔には、胸と股間が同時に狙い撃ちだ。

「…コーヒー淹《い》れてくるよ」

「あ、俺がやります」

「いいから、アイデアを出すのが君の仕事だろ？」

どのタイミングで本腰を入れようか。

彼が仕事で俺から離れられなくなった頃？　俺に自分から手を差し出してくれる頃？　タイミングを見誤れば彼は逃げるだろうし、仕事を終えてそれっきりになってしまうかもしれない。

「俺がもっとチョコレートのこと、詳しくわかればよかったのに…。今、妹に色々聞きながらなんですよ。小笠原さんのためにも頑張らないと」

焦りはしないが、のんびりと構えてもいられない。

「はい、コーヒー」

「ありがとうございます」

カップを差し出す俺に微笑む玉木。

その目にはどんな種類かはまだわからないが、好意がある。

「そろそろ、一度アトリエに来てみるか？」

「ここ以外にもお部屋をお持ちなんですか？」

「ちがうよ、厨房のことだ。ショコラは作品だから、作り上げる場所はアトリエなのさ」

この関係を続けていれば、いつか自分の望む関係になれるだろうと期待していた。

初めての恋に浮かれていた。自分の経験を過信していた。彼のことを全て知っていたわけではなかったのに…。


美しい俺のアトリエ。

器具の一つ一つを自ら選び、揃えた。

中でもお気に入りは、最新鋭の機能を持ちながら、外観はクラシックなオーブンだ。

イギリス製のそれは、扉が飾り格子になっていて、ガラス張りで店から見えるキッチンの中で異彩を放っている。

もっとも、それを一番使うのは自分ではなく手塚なのだが。

大理石の作業台も、自慢だった。

キッチンを店から見えるようにしたのは、気の緩みで手入れを怠《おこた》らないようにするためだ。

洗い場など、見えない場所もあるが、作る工程すら芸術として提供している。

なので、玉木が来ることになっても特に準備はしなかったし、店の人間にもこれと言って連絡もしなかった。

約束は仕事が終わった後、翌日の仕込みの様子を写真に撮ることになっていた。

いつも通り、約束の時間の五分前に玉木が姿を現す。

まだ客がいたので、川添にホットミルクとコーヒーを頼み、俺がカップを運んだ。

「そろそろ外は寒いな」

テラスに出したテーブル席に座る者は誰もいなかった。

「匂いは大分平気になったんだろう？　だったら今度は中に入るといい」

「でも、お客ではないので、邪魔になるんじゃないかと…」

「そんなことないさ。玉木は店の客じゃなかったとしても、俺の客だ」

テーブルに湯気の立つカップを置き、彼の手を取る。まだ息が白いというほどではないが、指先はすっかり冷えていた。

「ほら、冷たい」

何げなくした行動だったのだが、玉木は顔を赤らめ、パッと手を引いた。

「だ…、大丈夫です」

脈アリ？

少しは意識してくれてるってことか？

しつこく優しさを振り撒いた甲斐があったな。

「お店閉めるのに、オーナーがこんなところにいていいんですか？」

「ああ、店を閉めるのは川添の仕事だから。ほら、あそこに立ってるだろ？　あの男。注意した方がいい、彼は君の妹さんが可愛いって言ってたから」

「注意します」

しまったな、せっかく可愛い顔だったのに、妹のことを口にした途端、表情が硬くなってしまう。

「でも真面目な男だよ。俺は助かってる」

フォローを入れたのだが、彼は聞く耳を持たなかった。

玉木がシスコンなのはよくわかったが、ひょっとして妹の方もブラコンだろうか？　初めてここへ来た時、仕事だというのに付いてきたことを思い出すと、それは当たってる気がした。だとするとやっかいだな。

「小笠原さん、そろそろ閉めますよ」

店の中から川添の声が聞こえ、俺は目で合図を送り、玉木と共に立ち上がった。

「カップは俺が運びます」

「ここではそれは俺の仕事だ」

「店の客でもないのに温かいものをいただいたんです。これぐらいはさせてください。どうせお金を払うと言っても受けとってくれないんでしょう?」

まあ確かに、親しくなってからはずっと勝手に提供しているが…。

「わかった。じゃ、運んでもらおうか」

強く拒むと遠慮されるので、ここはこちらが折れた。

パラソルを畳んでカバーをかけ、椅子を店の中へ運ぶ。

俺達が入るのを待って、川添はシャッターを下ろした。

「それじゃ、お先に」

「ああ。お疲れさま」

品川の姿は既に無く、手塚は厨房にいた。

「カメラは？」

「カバンの中です」

腰を突きだして、肩からかけていたカバンを示す。

「じゃ、やっぱりカップは俺が受け取ろう。カメラを出した方がいいだろう？」

「そうですね。それじゃ」

玉木の顔は強ばっていた。

店の中に入るのは初めてだから当然か。

だが店には甘い匂いなど漂っていないから、大丈夫だろう。

「先に奥を見るか？　営業中は中には入れられないし」

「はい」

玉木はカバンの中からデジタル一眼のカメラを取り出した。

厨房の扉を開け、彼を先に進ませる。

中にいた手塚が、オーブンの扉を開けながら俺達の気配を察して振り向く。

俺も続いて足を踏み入れると、中は焼き菓子の甘い匂いが漂った。手塚は、明日の菓子を焼いていたのか。バニラではないが、大丈夫だろうか？

「この匂いは平気？」

目の前にいる玉木に声をかける。

玉木の顔は真っ青だった。

「玉木?」

スーツの肩が僅《わず》かに揺れる。

「や…」

「玉木!」

次の瞬間、彼は目を閉じ、ゆっくりと崩れ落ちた。

「玉木!」

手にしていたカップを捨て、倒れてくる玉木の細い身体を抱きとめる。

意識を完全に無くした彼の身体はずしりと重たかったが、かろうじて床に倒れることはなかった。

「小笠原さん」

異変に、手塚も駆け寄ってくる。だが俺はそれを戻した。

「いい、お前は菓子を最後までやってろ」

「あ、はい」

彼を抱えたまま床に膝をつき、ネクタイを緩める。

手にしていたカメラはストラップを首に通していたおかげでカップのように床へ落ちることはなかった。

「玉木、しっかりしろ」

声をかけても、彼は目を開けることはなかった。

呼吸がだんだんと早くなってゆく。

「手塚！　袋！」

「何の？」

「何でもいい。過呼吸だ」

胸が激しく上下する。

額に汗が滲《にじ》む。

「小笠原さん、袋」

コンビニの袋を手渡され、俺はそれを広げて玉木の口に当てた。

「菓子は？」

「出しました。救急車、呼びますか？」

「…いや、飲食店に救急車はマズイ。それに、過呼吸ってことは病気じゃないだろう」

さっきまで、彼はいつもと変わらなかった。笑っていたし、照れたし、普通に話もして

いた。

「この匂いか…?」

厨房に漂うバターの香り。

香料ではないが、確かに甘ったるい匂いだ。

俺は玉木を抱きかかえると、手塚にドアを開けるよう促した。

「取り敢えず俺の部屋へ運ぶ。後は頼んでいいな?」

「はい」

手塚は、車まで付いてきて彼を運ぶのを手伝ってくれた。

後部座席に横たわらせシートベルトで身体を固定させると、俺はふっと思い立って彼の携帯電話を探った。

スーツの内ポケットにしまっているのは知っている。

すぐにそれを取り出し、アドレス帳をチェックしてその番号を見つけると、発信した。

コール音が二回。

『はい、もしもし?』

聞こえてくる明るい女の声。

「もしもし、私小笠原と申しますが、玉木桜さんですね?」

『…はい？』

彼女しか、尋ねる先も頼る先も思いつかなかったので。もしかしたら、玉木にとって一番知られたくない人物かもしれないが、迷うことなく事実を告げた。

「突然で失礼します。あなたのお兄さんがお倒れになったので、連絡しました」

彼女を驚かせるであろう事実を。


病院へ連れて行った方がいいか、穏便に済ませたいか、選択は彼女に任せた。

手塚に言ったように、飲食店に救急車がマズイというのもあるが、事を大袈裟にして欲しくないという場合もあるので。

これが怪我《けが》や発熱だったら、俺も迷わず病院へ車を飛ばしただろうが、過呼吸は心因性の場合が多い。だとしたら、病院を避けたがる者も多いだろう。

思った通り、一通りの説明が済むと、俺が勧めたこともあるが彼女は病院ではなく俺のマンションへ運び入れることを望んだ。

住所を教え、一足先に玉木を自室へ運び込む。

病人をソファというわけにもいかないので、上着を脱がせ、ネクタイを外し、ベルトを緩めて横たわらせる。

車中、ずっと袋を被せていたので、既に玉木の呼吸は落ち着いていた。

だが意識は戻らない。

時々言葉にもならない呻《うめ》き声を漏らし、苦悶の表情を浮かべたままだ。

冷たい水で濡らしたタオルで顔を拭いてやると、やっと薄く目を開いた。

「……おが…らさ…」

「じっとしてろ。倒れたんだ。覚えてるか？」

何度も瞬きを繰り返しながら、しっかりと目を開けることができない弱々しい顔。

「匂いが…」

「悪かった。気を付けてはいたんだが、てっきり苦手なのはバニラの匂いだけだと思ってたから」

額を拭ったタオルを襟元に押し当てると、彼の手が俺の手に重なった。

「小笠原さん…、すみません…」

「気にするな、寝てろ」

その手を握ってやると、彼も強く握り返してきた。

「俺は…、ダメなんです…。何もできない…。間に合わない…」

「玉木？」

「……小笠原さんだったら、助けられたのに」

誰を助けるのか、と訊く前に、彼は目を閉じた。

俺の手を握ったまま、静かな寝息が聞こえる。

過呼吸になると、酷く疲労すると聞いたことがあるから、このまま寝かせた方がいいだろう。

俺だとわかって握ってくれた手。放すのは惜しかったが、そっと放して肩まで布団をかけてやった。

このまま握っていたら、キスしてしまいそうだ。

いつもの可愛さと違って、不謹慎にも、傷ついて、弱々しい彼の姿に欲情した。

「これくらいはいいよな…」

玉木を厨房から車まで、車からこの部屋までお姫様抱っこで運んだのだ。いかに普段鍛えているとはいえ、成人男子の重みはキツかった、明日はきっと腕が震えるだろう。

だから額にキスくらいは…。

顔を近づけ、そっと唇を額に押し当てる。

「や…っ！」

その途端、寝ていたはずの玉木に手で払われた。

「や…、熱を計っただけで…」

慌てて言い訳したが、玉木はまだ眠っていた。

「…寝ぼけたのか」

ほっとして寝室を後にしてリビングに戻る。

その時にインターフォンが鳴った。

モニターを見ると、玉木と同じ顔の女が立っている。

「今開けます」

外に伝えてから扉を開けに行くと、妹は不思議な顔で立っていた。

不思議な、と言ったのは、兄貴が倒れたと聞けば普通の妹なら不安と心配の顔をしてるだろうに、彼女は怒っているように見えたからだ。

「楓は？」

「今寝てるよ、どうぞ」

「失礼します」

だが怒りの矛先は俺ではないようだ。彼女はちゃんと頭を下げ、一言断ってから入ってきたから。

「丁度コーヒーでも飲もうと思ったんだ、一緒にどう？　下心ナシで」

「小笠原さんほどモテる人が私なんかに下心があるわけないですよ。いただきます」

白いフェイクファーのボレロとウエストがきゅっと絞られた硬質な生地のフレアスカート。長い黒髪に似合って人形のようだ。

こっちは女性らしく化粧をしているから、顔立ちの派手さが際立っている。

まあ確かに、これだけ美人なら兄として心配になるだろう。

「どうぞ。ついでにチョコも」

リビングに座った彼女にコーヒーとチョコレートを差し出す。

「お友達に言ったら、羨ましがられるわ。小笠原さんのご自宅で自ら淹れてくださったコーヒーとチョコレートをいただけるなんて」

ドアを開けた時の怒りの表情は、もう彼女にはなかった。

落ち着いていて、玉木は妹と言ったが、彼女の方が年上の姉のようだ。

「楓、倒れた時どんな状況でした？」

電話で軽く説明してやっていたのだが、俺はもう一度繰り返した。

「厨房の、焼き菓子の甘い匂いを嗅いで倒れたんだ。貧血かな？　そのあと過呼吸に陥って、意識を無くした。…と、思う。もしかしたら動けないだけで意識はあったのかもしれないが」

「何か言ってました?」

「何か? いや、特に?」

助けるがどうのこうのと言っていたが、言った方がよかっただろうか?

「そうですか」

彼女は何故か安堵の表情を浮かべた。

「何か彼が口走ると思ってました?」

一瞬だけ、彼女の口元が引きつる。

だが女は天性の女優だ。にっこり笑って見せる。

「どうしてです?」

芝居だ、とわかるのは、ここは『にっこりと笑う』ところではないからだ。セリフは同じでも、ここは不思議そうに訊くべきだろう。

「いや、別に。そんな態度に見えたので」

だが突っ込むことはしなかった。隠そうとしているものを暴けば、彼女の態度は硬化するに違いない。

まだ玉木と付き合いを続けたいのなら、彼女を敵に回すのは得策ではない。

「勘ぐり過ぎですよ。小笠原さん、楓に随分と優しくしてくださってるみたいですけど、他人にかかわるのが好きなんですか？」

「いいや。ただ、目の前で人が倒れれば、誰だって心配にはなるでしょう？　持病があるなら知っておかないと」

芝居なら、俺のが上手だ。

「病気じゃありません。楓は健康です」

「では何故倒れたんです？」

「甘い匂いがキライなんです。本人が言いませんでした？」

「それは言ってましたね。だから今までは注意していた。彼の仕事はまだ続く。一緒にいるなら知るべきことは知っておきたいんです」

彼女はじっと俺を見た。

まるで探るような視線だ。

「楓のことが好きなの？」

「もちろん。気に入らなければ密着取材なんて許可しませんよ」

「そういう意味じゃなくて…」

「どういう意味です?」

察しがいいな。

だがそれを認めるわけにはいかない。

「…いいえ。何でもないです」

認めなくても、ルージュを塗った唇が硬く引き結ばれたところを見ると、彼女は何か察したようではあるが。

「楓を起こしてください」

「さっき眠ったばかりですよ?」

「病気じゃないですから、連れて帰ります」

「強引だな」

「楓は私の言うことなら聞きます。起こしてきていただけますか?。私も、男性の家に夜遅くまでいたくありませんから」

嫌われたというわけじゃないだろうが、挑まれてる気分だ。

「わかった。では車で送ろう」

「いいえ。私が車で来ましたから」

「…OK。何も話したくないし、さっさと退散したいってことだね」

少し冷たく言うと、彼女は慌てた。

「早く連れて帰りたいだけです。心配だから。小笠原さんには感謝してます。でも家の方が楓も落ち着くので。気分を害したらすみません」

チグハグだ。

何か理屈に合わない気がする。

「いや、それぞれに事情があるんだろう。起こしてくるよ」

俺は彼女を置いて寝室へ向かった。

兄が倒れても、それを心配するよりも何かへの怒りを見せる妹。俺を警戒しているわけではなさそうなのに、早くここから連れ出そうとしている。

男同士だというのに、いきなり核心を突くように『好きなのか』と訊いてくる。

「玉木くん」

嫌な符号だ。

「玉木」

俺は寝入っている玉木を、そっと揺り起こした。

「妹さんが迎えに来たよ」

「…桜?」

玉木はまだ眠そうに目を擦ったが、もう一度「桜？」と妹の名を口にし、ガバッと跳ね起きると、傍らにいる俺につかみかかるように尋ねた。

「桜は？　無事ですか？」

「…無事？

「今コーヒーを飲んでる。家の方が落ち着くだろうから連れて帰りたいんだそうだ」

「ここ…、小笠原さんの…？」

「俺のベッドルームだ」

状況を把握しようと、彼は周囲を見回した。そして自分の衣服が乱れていることにビクッと身体を震わせる。

「倒れたのは覚えてるね？　楽にさせようと思って緩めたんだ」

「あ…、ええ…。ありがとうございます…」

「はい、ネクタイと上着」

服を差し出すと、彼はそれを受け取ってベッドに座ったまま衣服を整えた。

「歩けるか？」

支えようと差し出した手を、ぎゅっと握り締める。気のせいか、その手は少し震えているような気がした。

「大丈夫です」

だが立たせるために抱きかかえようとした腕からは、身体を引いた。

「一人で立てます」

玉木の態度もおかしい。

けれど、それを訊いても、彼は何も答えないだろう。

ベッドルームから連れ出して妹に会わせると、二人はまるでやっと逃げ果《おお》せた人質みたいに硬く抱き合った。

「大丈夫？」

「俺は平気だよ。桜こそ」

「私は全然平気」

互いを気遣う言葉。

それもまた不思議な光景だ。

「小笠原さん、お世話をかけました。お礼はまた後日…」

「礼なんていいよ。俺も不注意だった。妹さんの言う通り、少し家で休みなさい。また取材に来るのを楽しみにしてるから」

そして二人は、それ以上何も言わず、何度か頭を下げて帰って行った。

「…ミステリアス」

と言っていいのかどうか。

だが、どうにも不思議な気分だった。

単に、仕事に頑張るサラリーマンを好きになったつもりだったが、何か別のものが隠れている気がする。

面倒臭そうな相手だ。

だが驚くべきは、その面倒臭さを察しながら、俺はまだ、玉木の事を想っていた。

「…弱った顔に欲情したなぁ」

面倒なことが嫌いなこの俺が。


「あの編集さんの甘い物ギライって、精神的なものじゃないでしょうかね」

チョコレートムースにグラサージュしている俺の隣でロールケーキを巻きながら手塚が呟《つぶや》いた。

「精神的？」

もちろん、お互いに手は止めない。

「トラウマか?」

「心因性ってことですよ。だってアレルギーじゃないんでしょう? 友人に、喫茶店でバイトしてて、失恋した男がいて、それ以来コーヒーの匂いを嗅ぐと気持ちが悪くなるってヤツがいたんです」

ツヤツヤのチョココーティングを終え、俺の方は一足先に飾り付けに入る。

エディブルフラワーのバラと、カシスを入れて赤く染めたホワイトチョコを巻いたものを丁寧に置いてゆく。

「それは確かにあるかもな。妹が変に心配してた」

手塚はフォレ・ノワール風のロールケーキを作っているのだが、柔らかいスポンジとゆるいクリームに手間取っていた。

彼には珍しいことだ。

「妹さんって、あの美人?」

「覚えてるのか?」

「雰囲気ありましたから」

一度しか来店してないのに、川添といい、みんな目敏いものだ。

「シャンティ・クリーム、もう少し泡立てちゃダメですか？」

「ダメだ。それ以上硬くするな」

「はみ出すんですよ」

「端に紙を当てて巻け。最初の一巻を大きく取るんだ」

俺の指示を受けて、手塚がもう一度トライする。

最初に巻いたものも何とか形になっていたが、彼としては不満らしい。

「アレルギーで酷い目にあったとか」

「チョコは食ってた」

「焼き菓子の匂いで倒れたなら、小麦かもしれませんよ？」

「バスタもラーメンも食べてたよ」

「じゃやっぱり心因性だ」

今度は満足のいく出来栄えだったのか、彼はそれを品川に回した。

「カットして出してくれ」

「はい」

俺の方はグラサージュが乾くまでは店には出せない。

その間に、チョコレート用のオレンジを剥き始める。

「彼、来ませんね」

手伝うためにオレンジの山に手を出しながら、彼はまた話しかけてきた。

「彼って誰？」

わかっていながら知らん顔をする。

「今の会話の流れでわかるでしょう。あの編集さんですよ」

「玉木？　体調が戻らないか、仕事が忙しいんだろう」

玉木がここで倒れてから、もう三日も経っていた。

たかが三日だが、これまで毎日のようにメールしていたことからすると、『もう』だ。

しかもあんなことがあったのだから、こっちが心配してるとわかってるだろうに。

「連絡しないいんですか？」

「別に」

気にかかるならこっちからメールすればいい。何時《いつ》来るとか、あれからどうした、と一言だけでもいいのだから。

けれど俺はそれをしなかった。

あの妹の態度が引っかかってるからだ。

俺の下心を見透かしたようなあの態度に引っかかりがあった。もし今焦って玉木に連絡をし、それが彼女にバレると、疑いを真実にしてしまう気がして。

いや、実際恋愛感情はあるのだが、玉木にさえ伝えていないこの気持ちを、妹の方に知られるのは何となく嫌だったのだ。

「それほど真剣ってわけじゃなかったんですね」

「何言ってる。仕事だって言っただろ。変な気を回すな」

「彼が倒れた時、必死だったんでつい。まあ俺には関係ないことですけど」

「関係ないなら何も言うな。後はやっといてくれ、俺はラッピングのチェックしてくる」

「はい」

そう言いながら、俺は一旦スタッフルームへ入った。

そこで誰にも見られないように携帯電話を取り出してチェックする。

家を出る時既に一度チェックし、その後ずっとズボンのポケットに入れていたのだから、新着があれば気づくのに、だ。

わかりきったことだが、メールも電話も着信はなかった。

三日。

この三日間、俺は玉木のことばかり考えていた。翌日には連絡が来るだろう、昨日はすみませんでしたと言ってくるだろうと思っていたのに、そうならなかったから余計に気になっていた。

妹は、俺が玉木を狙ってると忠告したのだろうか？　体調が戻らないのだろうか？　ひょっとして、やはり体調上の理由から担当を替わると言い出すのだろうか？

不安で、心配で、意識しないと視線は店の外に立っているかもしれない彼の姿を探してしまった。

この俺が、だ。

手を握ったこともない、キスしたわけでもない、ましてや肌に触れたことすらない人間のことだけを考えてる。

面倒なことになりそうだと予感をしてるのに、まだ彼がここへ来てくれることを望んでいる。

これが恋愛というものなのだろうか。

恋をしたいと願ったことはなかったのに、勝手にハマッてしまう。

「…ふぅ…」

タメ息をついたその時、ノックの音がして返事を待たずにドアが開いた。

「小笠原さん、来客です」

顔を出したのは川添だった。

「客？」

「雑誌の編集さんです」

「玉木？」

連絡なしに来るとは珍しい。

「玉木って、あの若い男の人ですよね？　違います、女性です。『グリモア』って雑誌の取材申し込みです」

「そうか、すぐ行く」

「はい」

川添が顔を引っ込めると、俺はまたタメ息をついた。

会いたいなら、自分が何とかしなくちゃならない。

「それが恋愛のセオリー、か…？」

そういう手順にはまだ慣れていないが、覚悟を決めなければならないようだ。

彼が欲しいなら。

俺は携帯電話を取り出し、玉木へメールした。

『体調はいかがですか？　よろしければ今日、一度会って、これからのことをお話したいので、連絡ください』

堅い、事務的なメール。

それでも、送信ボタンを押すのに一瞬躊躇《ちゅうちょ》した。自分から連絡するということが、彼に入れ込んでいる証拠のようで。

それでも、押さずにはいられなかった。

玉木にもう一度会いたかったから。


メールの返信はすぐにあった。

今日は仕事で遅くなるから会えないというものだったが、俺は食い下がった。遅くてもいいから会いたいと。

彼は店を待ち合わせ場所にしたくないと言うので、それならば直接マンションに来て欲しいと返信した。

それでやっと、彼は会うことを約束した。

会えないものは仕方がない、会う努力などする必要はない。会う時には会うものだと考えている俺としては、フランスで有名ショコラティエのアポイントメントを取るくらいに必死だった。

玉木は、俺にとって甘いだけのチョコレートではない。

何かもっとスパイシーな存在だ。

だからつい手が出てしまうのだ。

俺は店を閉めると、真っすぐにマンションへ向かった。

玉木は約束の時間に現れ、俺は彼を部屋へ招き入れた。

「先日はすみませんでした。これ、お詫びです」

彼はそう言って煎餅屋の紙袋を差し出した。

「ショコラティエの方に甘い物はどうかと思ったので、俺の好きな煎餅屋のです」

「ありがとう」

項垂《うなだ》れたままの彼には、ジョーク一つ向けられない雰囲気があった。

「あれからどうだった？　病院へは行った？」

心因性の不調を訴える者にこの質問はまずかっただろうか？　だが他に会話の糸口が見つけられない。

自分は案外コミュニケーション能力が低いのだと気づかされる。

「病院へは行きません。大したことはなかったので」

意識を失うほどの症状が？　だがそれは口にしてはいけないのだろう。

先に立ってリビングへ招き入れ、並んで座るように促す。彼はおとなしく従い、膝が触れぬ程度の距離をとって腰を下ろした。

彼には幾つもの顔がある。

小憎らしい不機嫌で生意気な顔、喜びと笑顔に溢れた可愛い顔、そして今の傷ついたように寂しげな弱った顔。

そのどれもが俺を魅了している。

「呼び出して悪かったね」

「いいえ。こちらから、ちゃんとお話しをしなければならないと思っていたところでしたから…」

「話？」

玉木はゆっくりと顔を上げてこちらを見た。

「もう…、ここには来ないようにしようかと」

一瞬、聞き間違えかと思った。だが彼の態度からすると、それは心に決めてきたことのように思えた。

それが『ちゃんと話さなければならない』ことか？

「取材対象とプライベートな付き合いをするなとでも言われた？」

「いいえ、そういうわけでは…」

「じゃあ…」

「桜が…」

その名に警戒する。

あの女、何か余計なことを言ったんじゃないだろうな。

「桜が、あなたのことを好きなんだそうです」

玉木は身体を強ばらせて吐き出した。

「…は？」

彼女が？

あり得ない。

いくらゲイでも、自分に向けられる秋波ぐらいは気が付く。彼女が俺に向けていたのは警戒で、それ以外の何ものでもなかったはずだ。

だが次の玉木のセリフで、彼女の意図が何となく知れた。

「ですから、俺はもうここへ来ないようにしようかと思います」

「どういうことだ？」

「俺より、桜と会う時間を作ってください」

「なにをバカなことを。君とは仕事で会ってるんだろう。何故それを妹さんと交替させなければならないんだ」

「仕事の方も、俺は下ろしてもらうつもりです」

「…何だって？」

驚くどころじゃない。仕事が終わるまでは一緒にいられると安心していたのに、こんな突然…。

「俺は…、ダメなんです」

「何がダメなんだ？」

俺は思わず彼の腕を取った。

「俺は…、桜の邪魔はしたくない」

「邪魔？　何が邪魔なんだ？」

俺を見る、玉木の目が揺れた。

こっちが恋愛感情に気づいた途端、離れてゆくとはどういうつもりなのか。

いくらシスコンだからって、妹のために自分の仕事の時間を妹に譲るなんておかしいだろう。

そう問いただすつもりだったのに、こちらを見る玉木の目から零れた涙に、俺は言葉を失った。

「…桜は…、子供の頃に襲われたことがあるんです」

「…え？」

「前に住んでた家の近くに、製菓工場があって…、そこで…」

意外な告白に彼を掴《つか》んでいた手が緩む。

だが玉木は俺の手を払わなかった。払うことなどできなかった。

彼は、大きく目を見開いたまま、膝の上で固く拳を握っていたから。

「まだ小さかったのに…。操業を終えた工場の駐車場は、チェーンだけで仕切られて、近所の子供の遊び場になってました。俺と桜もそこでいつも遊んでて…。あの日はそこに知らない男がやってきて桜を…」

それ以上は言えないというように唇が引き結ばれる。

彼の、妹に対する執着はそれが理由だったのか。

「俺は…、それを見てました」

男に酷い目にあわされた妹を、新たな犯罪者から守りたかったから、彼は彼女の周囲から男を排除していたのか。

「よく覚えてはいないけれど、断片的には覚えてます。俺は…、何もできなかった。見ていたのに、足が竦んで、何もできなかった。今も、それが忘れられないんです。あの甘い匂いの中、暴行が行われるのを止めることができなかった…。自分と同じ顔が叫び続けるのを…」

「玉木、もういい」

彼の言葉を止めようと、その身体を抱き締める。

ああ…。

彼が倒れた時に呟いた言葉の意味。

『俺は…、ダメなんです…。何もできない…。間に合わない…』

『……小笠原さんだったら、助けられたのに』

あの言葉は、そういう意味だったのか。

「桜は、何でもないと言ってくれます。いつも強くて、ちゃんと笑ってて…。でも俺はそれが辛い」

「玉木」

「だから、俺は桜が好きになれる人が現れたら、その幸せを守ろうって決めてたんです」

「それはわかる」

わかる、とチープな言葉で済ませてはいけないのかもしれないが。

「だがどうしてそれで君が俺から離れる必要があるんだ？　彼女が俺を好きだろうと何だろうと、それは君には関係ないだろう？」

彼の身体がピクリと震える。

だが返事はなかった。

「玉木？」

「俺が…、あなたを…」

言葉が途切れる。

『俺があなたを』？

その言い方に期待が膨らむ。

もしかして玉木も…、と。

「小笠原さんは…、優しくて…仕事熱心で…、俺なんかにも気を遣ってくれました」

だが期待した言葉は消え、違う言葉に代わられてしまった。

「俺…、大きな男の人が怖いんです。甘い匂いも。桜のことを思い出すと、息が出来ないくらい苦しくなる」

「…こうしてるの、嫌かい？」

「いいえ。小笠原さん、俺のこと、嫌いだったでしょう…?」

「そんなことはない」

「わかりました。俺も嫌だった。お菓子を作る人なんて、料理人としては認められない。チョコレートなんて、材料入れて固めるだけで、デザイン勝負じゃないかって。俺のチョコを食べた人しか取材を許可しないなんて偉そうだって」

「酷いな」

「すみません。でも、あの時、俺のこと嫌いだったでしょう?」

「嫌いじゃないが、何言ってるんだって思ったかもな」

それは認めよう。

「だから、平気だった」

彼は緩めた俺の腕から身体を起こし、まだ潤む瞳で弱々しく微笑んだ。

「俺、優しく近づいてくる男が嫌いなんです。にこにこしながら優しげに近づいてくる男が怖い」

「妹さんを襲った男を思い出す?」

暴行を見た、というのなら、彼もその犯人を見たのだろう。俺の言葉に、ぶるっと身体を震わせた。

「そうです。だから俺のことを好きじゃない小笠原さんのことは怖くなかった」

怪我の功名だな。

もし『キライ』という一言を聞いていなかったら、好みの顔だった玉木には、それこそ下心丸だしでにやにやと近づいただろう。

そうしたら会話することもなく彼は逃げていたかも。

「あなたは怖くなくて、仕事だから話をしなくちゃならない理由があって、付き合うことができて…。小笠原さんはちゃんとした職人さんで、チョコレートは思ってたものと違ってちゃんとした料理で…。俺は間違ってたって反省しました」

職人か…。

期待とは違ったが、ショコラティエとしては認められたわけだ。

「ありがとう。俺も今は君のことをナマイキだとは思わないよ」

俺の言葉に、彼は少しだけまた笑った。

「それで…、一緒に食事したり、チョコのことを教えてもらってる間に、俺はあなたのことが好きになってました」

…え?

「小笠原さんといるのが楽しくて、チョコも美味しくて…。でも、俺はやっぱりあの時のことが忘れられない。俺が忘れられないくらいだから、桜が忘れられるわけがない」

ちょっと待て、そこはスルーしないで欲しい。

俺のことが好きってどういう意味だ？

「その桜が、男の人を好きになれたんです。だったら俺は…、諦めなきゃ」

「待ってくれ。諦めるって、つまり君はそういう意味で俺のことが好きになったのか？

妹と同じ気持ちで？」

玉木は、サッと顔を赤らめた。

「そういうつもりで言ったわけじゃ…」

「恋愛感情がないなら、別に俺と君が付き合うことは妹さんとは関係ないだろう？」

「まだそうかどうかは…」

恥じらう姿に確信が強まる。

少なくとも、彼は俺をそういうふうに意識してる、と。

「曖昧なら曖昧で、別にいいじゃないか」

「ダメです。まだわからないけど…、このまま側にいたらそうなってしまうかもしれない。

桜はおかしいって…」

あの女。

「小笠原さんだって、こんなこと言われたら気持ち悪いでしょう？」

冗談じゃない。

逆転満塁ホームランみたいな告白を受けて、逃せるわけがない。

「俺は気持ち悪くなんかない。むしろ大歓迎だ」

「…小笠原さん？」

こんな都合のいいことがあるだろうか？

妹は邪魔をするつもりで言ったんだろうが、それが却って幸いした。もしその邪魔がなかったら、彼はこんなことを俺には言わなかっただろう。

そして聞いたからには、俺が我慢する必要などあるはずもなかった。

「同じだよ」

逃がさないように、彼の手を取る。

「俺も同じ気持ちだ」

「…小笠原さん？」

キョトンとした顔に、イラつく。

自分だけ言ったらおしまいか？

俺の気持ちはどうでもいいのか？

「わからないのか？　俺も君が好きだと言ってるんだ。妹さんなんかより、君と付き合いたい。俺は玉木楓が好きなんだ」

気が急いていた。

妹の妨害、突然の告白。わかってくれない彼の表情。

初めての恋。

時間がかかるだろうと覚悟していたところへ別れを切りだされ、好きだと言われて、それでもまだ去ろうとする。

慣れていなかった。

いや、慣れ過ぎていたと言うべきかもしれない。

自分を好きだと言う人間を相手にすることに慣れ過ぎていた。

彼等には甘い言葉と甘いキス、満足できるセックスだけで事足りる。だから、本気で『好きだ』と言うオマケまで付けていれば、許されるだろうと思った。

あまりにも突然の展開に、このチャンスを逃してはいけないという気持ちばかりが先に立った。

「玉木」

抱き寄せる腰。

覗き込む瞳。

「もう一度言うべきか？　俺はお前が好きなんだ。その俺の気持ちを無視して、妹に差し出すつもりか？　お前は俺を必要としないつもりか？」

我慢出来ず、俺は彼を押し倒した。

「小笠原さん…っ！」

「好きだ」

彼は俺を好き。

俺も彼を好き。

お互い、いい齢をした大人なんだから、これぐらいはいいはずだ。

「……ン」

欲望が理由を付けて後押しするから、俺は彼の唇を奪った。

柔らかい唇。

戸惑って、抵抗も対応もできない唇を舌でこじ開けて中を探る。

熱い舌に触れ、自分の体温があがる。

玉木に出会ってから、禁欲的な生活を送ってきたせいもあって、飢《う》えていたのかもしれない。

手は勝手に動きだし、玉木の胸を探り、スーツのボタンを外し、ワイシャツの上から彼に触れる。

「や…」

彼が小さく首を振るから、キスは唇から外れた。だが大した問題ではない。柔らかな頬も、小さな耳朶《じだ》も、キスする対象としては十分だ。

俺はキスを繰り返し、手を彼の腰へと下ろした。

「玉木…」

耳元で彼の名前を呼ぶ。

「ちが…」

返ってきた小さな声。

「玉木？」

次の瞬間、彼は俺を突き飛ばした。

「違う！」

離れた俺の下で、彼は俺に背を向け、ソファから転げ落ちる。

「こんな…、そんなこと…」

しまった。

早まった。

玉木がウブだとわかっていたじゃないか。

「玉木、すまなかった。つい焦って…」

慌てて謝罪し、彼に向かって手を伸ばす。

だがその指先は彼に届かなかった。

「桜じゃない…」

ガクガクと膝を震わせて立ち上がり、弾かれたように走りだした。

「玉木！」

すぐに立ち上がり後を追う俺の鼻先で彼を飲み込んだドアが閉じる。

「…ッ」

激突し、額を打ち付けたが、ものともせずにドアを開ける。

けれど、そこにはもう彼の姿はなかった。走って逃げる彼の足音が響くだけだった。

走ってゆけば、まだ間に合うかもしれない。エレベーターホールで捕まえることができるかもしれないし、階段を使われても追いつく自信はあった。

だが、足は動かなかった。

「…クソッ」

逃した。

せっかく捕らえたと思ったのに、自分の欲望が彼を失わせた。そのことがショックで、俺はそのままずるずると玄関先に座り込んでしまった。

「何てこった…」

激しい後悔と共に、何も掴めなかった自分の手を見つめることしか、出来なかった…。


最悪だった。

せっかく玉木が自分を好きだと言ってくれたのに、自分の腕の中にいたのに、自分のせいで彼を逃がしてしまった。

軽い生活を送ってきた自覚はある。だが、彼に対しては本気だった。

今まで感じたことのない愛しさを感じていた。

たとえ面倒だと思っても、仕事の相手でも、ノンケでも、その他のどんな理由も関係ないと思うくらい彼が好きになっていたのに。

青臭いガキのように、抑えが利かなかった。

あと少し、もう少しだけ我慢して、いかに自分が本気なのかを伝え、キスしたいと、抱き締めたいと、言葉にして伝えるべきだった。

そうすれば、彼はきっと自分を受け入れてくれただろう。

俺のことが好きだと言ってくれた玉木なら。

チョコレートだってそうじゃないか。急激に溶かせば味が変わる。火が強ければ焦がすし、溶かした後も時間をかけてテンパリングしなければ白く粉を吹き失敗する。

なのにどうして俺は…。

後悔ひとしおだ。

妹の過去に傷ついていた彼に手を出すなんて。

一人残された部屋で、俺は酒に手を出した。

濃く作った水割りを片手に、何とか修復出来ないかと必死に考えた。

彼に連絡を入れてもう一度会いたいと申し出ようか？　もうここへは来てくれないかもしれないが、店ならどうだろう？

会社へ連絡して、仕事のために来るようにと言えば来るかもしれない。

いや…、彼は店の匂いがダメだった。

理由がはっきりした今、彼をもう一度店へ呼び付けるのは俺がよしとしなかった。

玉木について知っているのは、メールアドレスと携帯電話の番号と会社の名刺だけ。どうしてもっと早く自宅の住所を聞き出さなかったのだろう。

そうすれば、家の前で彼を待ち伏せることもできたのに。

「…俺はストーカーか」

自分が『悪さ』をしてしまった後では、待ち伏せは歓迎されない。

まして、自宅にはあの妹が待ち構えているのだ。きっと邪魔されるだろう。

それにしても…。

あの気の強そうな女が暴行か。

彼女が俺に対してしたことに腹は立てるが、女性として、子供として受けた傷に対しては同情を禁じ得なかった。

どれだけ怖かっただろう。

力でねじ伏せられる恐怖。

子供が好きというわけではないが、圧倒的な体力差のある者に襲われるというのは暴力以外の何ものでもない。

その点に於《お》いて、女というのは弱く悲しい生き物だ。

子供だった玉木にしてもそうだ。

自分の大切な妹が目の前で蹂躙《じゅうりん》されるのを見ていなければならなかった時間は、彼にとって永遠に等しいほど長く続く拷問だっただろう。

その辛い出来事を回想した彼に、のしかかるなんて…。

俺はグラスの中の酒を一気に飲み干し、二杯目はストレートで口をつけた。

喉をピリピリとしたアルコールの刺激が流れてゆく。

『俺は…、ダメなんです…。何もできない…。間に合わない…』

耳の奥で、玉木の言葉がぐるぐると回っていた。

『……小笠原さんだったら、助けられたのに』

何も出来なかったことを、今も後悔していた言葉。

『まだ小さかったのに…。操業を終えた工場の駐車場は、チェーンだけで仕切られて、近所の子供の遊び場になってました。俺と桜もそこでいつも遊んでて…。あの日はそこに知らない男がやってきて桜を…』

製菓工場は、俺も一度見学に行ったことがある。

操業中は甘い匂いが立ち込めて、これでは隣近所にまで漂っているだろうというほど強い匂いだった。

玉木の脳裏には、その匂いが残っているのだ。

だから、甘い匂いが何故苦手なのかと問いかけた時、彼は何も言わなかったのだ。言えばその凶行を説明しなくてはならなくなるから。

『よく覚えてはいないけれど、断片的には覚えてます。俺は…、何もできなかった。見ていたのに、足が竦んで、何もできなかった。今も、それが忘れられないんです。あの甘い匂いの中、暴行が行われるのを止めることができなかった…。自分と同じ顔が叫び続けるのを…』

ショックで忘れたのか、忘れたいと願って忘れたのか。それでもまだ匂いでフラッシュバックを起こし、店で倒れてしまった。

『俺…、大きな男の人が怖いんです。甘い匂いも。桜のことを思い出すと、息が出来ないくらい苦しくなる』

何度か、彼に触れた時、玉木は身を引くような、怯《おび》えるような態度を見せたことがあった。俺はそれを、俺を馴れ馴れしいと思っているか、嫌いだからなのかと思っていた。そうでなければ少しは意識してくれているのだろうと。

何という能天気さだったのか。

彼は成長し大人になった今でも、成人した男が怖いのだ。体格に差がなくなっても、妹を襲った犯人を思い出して。

「妹の方は俺をガン見できるくらい強気だったのにな」

その言葉を口に出してから、俺はふっと考えた。

不思議なものだ。

襲われた妹より見ていた玉木の方が『それ』を恐れているなんて。

彼女は、俺の部屋へ躊躇なく足を踏み入れた。奥に玉木がいるとはいえ、倒れて眠っていると知っていたのに。

一方玉木は、初めてこの部屋へ誘った時躊躇を見せた。

遠慮しているのかと思ったが、今ならわかる。あれは怖かったのだ、男と二人きりになるのが。

彼はそれを乗り越えてここで過ごしてくれていた。

俺を信頼してくれたのだ。

なのに…。

考えれば考えるほど、自分のしでかしたことに後悔が止まらない。

彼の傷を俺が抉《えぐ》ったのだ。

『桜じゃない…』

最後の彼の響きが、今も耳に残る。

「桜じゃない、か…」

玉木の心の叫び。

俺は三杯目に手を伸ばし、その手を止めた。

「桜じゃない、か」

彼の声を、顔を、態度を思い返して。


翌日、俺は重い気持ちで店へ向かった。

沈鬱な気持ちが溢れ出ていたのだろう、作業を続ける俺に、店の人間は誰も声をかけてこなかった。

定番のものを作り、店へ提供すると、俺は玉木をイメージしていたチョコの試作を始めた。

彼のくるくると変わる印象の意外さを、何とか作品に転化できないかとぼんやり考えていたのだ。

ある時は素っ気なく、ある時は甘く、ある時はミステリアスで壊れやすい、そんなイメージを。

もう一度会えると信じたい。

そのための理由にしたい。

いや、ガッついて失敗した気持ちをこれで伝えたい。

彼の舌は確かだ。

これがお前のために考えたものだと言えば、言葉よりも確かに伝わるだろう。

だがそれは上手くいかなかった。

「変わってるとは思いますけど、イマイチですね。ガナッシュの重みにスパイスが負けてる感じで…」

試作品を食べさせた手塚もそう言った。

「俺は物珍しくていいと思いますけど」

品川はフォローするようにそう言ってくれたが、『物珍しい』だけではダメなのだ。

「もうちょっと考えてみるか…」

今の自分の気持ちのように、曖昧なものしかできない。

いい加減クサッて手を止めたところに、ちょっと興奮した面持ちの川添が呼びに来た。

「小笠原さん、来ましたよ。小笠原さんをご指名です」

「来た？」

「玉木さん。やっぱり美人ですよ」

玉木が？

だが美人とは…？

厨房から出て店を覗き込むと、その理由も、川添の興奮の訳も、よくわかった。

「妹の方、か…」

彼女は店内の片隅のテーブル席に座っていた。

ルーズなニットガーディガンにニットのワンピース、すらりと伸びた足にはショートブーツが似合っている。

その姿を見て、俺は自分の考えの正しさを確認した。

「ちょっと話して来る」

「俺のこともアピールしといてくださいね」

「考えとくよ」

俺はエプロンを外し、シェフコートのまま、彼女の元へ向かった。

「いらっしゃい」

声をかけると、玉木と同じ顔が、彼よりも強い眼差しで俺を見る。

睨んでいるわけではないが、挑むような視線だ。

「こんにちは、お仕事中にすみません」

その視線のまま、彼女はにっこりと微笑んだ。

「いや、こちらもあなたにお話がしたいと思ってたところです」

「私に？」

「ええ。前に座っても？」

「どうぞ」

椅子を引き、彼女の正面に座る。

川添はチラチラとこちらを見ていたが、声は届かないだろう。

「俺のことが好きだそうですね？」

「ええ」

「それは嘘《うそ》でしょう？」

「小笠原さんはハンサムで、有名なショコラティエだもの。誰だって好きになるんじゃありません？」

「だがそれはあなたが俺に惚れる理由にはならない」

彼女はそれを否定も肯定もしなかった。

「今日はお知らせに来ました」

「知らせ？」

「これから小笠原さんの取材は私がさせていただくことになりました」

「君が？　君も玉木…、楓くんと同じ会社に勤めてるとは知らなかったな」

玉木、では同じ名前なので、敢えて下の名で言い直す。口にしてから、親しくしてる間に一度はそっちで呼んでみればよかったなと思った。

「私は出版社の社員じゃありません。でも、仕事を途中で放り出すことはできないし、楓がここに来れない以上、誰かがそれをしなくちゃ」

では、仕事を止めるとは言い出さなかったのか。

もしくは下りたいと言っても、事情を知らないであろう上が許さなかったか。

「相手が君なら、取材はお断りだ」

「確かに私は出版社の社員ではありませんが、下請けと思っていただければ…」

「嘘つきは相手にしない」

彼女はアイラインを引いた目を、キッと上げた。

「私が嘘つき？」

「子供の頃、暴漢に襲われたそうだな」

「…楓から聞いたんですね」

「それ、嘘だろう」

「嘘じゃ…！」

「襲われたのは、君じゃない。楓くんだ」

反論しようとした彼女の紅い唇が半開きのまま止まる。

逡巡するように唇は震えたが、決意したようにキッと引き結ばれると、彼女はそれを認めた。

「ええ、そうよ」

やっぱり。

「楓が言ったの？」

「いいや。だが襲われたはずの君が店の中へ入って来られるのに、彼は入って来られなかった。見ていた、ということがトラウマになっていたとしても、それならば被害者である君の方が傷は深いはずだ。それに…」

「それに？」

「彼は『桜じゃない』と言っていた。その時には意味がわからなかったが、君であるべき事が君ではないと言うのなら、そのことじゃないかと思ったんだ」

帰り際の一言。

耳の奥に刻まれた言葉。

あれは、そういう意味だったのではないかと、反省の中で気づいた。

「あなたが気づかせたのね？」

「…否定はしない」

さすがに彼を押し倒したことは口にはできなかった。たとえ察せられていたとしても。

彼女はほうっ、と息をついた。

「わざとじゃありません。事件があった後、楓は本当に襲われたのが私だと思ってたんです。多分、自分が襲われたことを認めたくなかったんでしょう。両親は、襲われたのは私ということにして欲しいと頼んできました。何があったのか詳しくは話してくれませんでしたが、今ならわかります。男である楓がイタズラされたことより、妹を助けられなかった自責の念の方が、楓にとっては楽だろうと思ったんでしょう」

「君はそれでよかったのか？　女の子なのに」

俺の言葉に、彼女はにこっと笑った。

その顔は玉木に似ていた。

「私のことを心配してくださるのね。ありがとう。子供だったから、よくわからなかったというのもありますし、それが楓のためになるならと受け入れました。それに、事件の後、すぐに引っ越しましたし」

「それでも、実の兄からそういう目で見られるのは辛かっただろう」

「私…、中学の時に痴漢にあったことがあるんです。通学の電車の中で。少し触られた程度で近くの人に助けられたけど、とっても怖かった。その時初めて、楓の恐怖を知った気になりました。それを思い出させるぐらいなら、楓に守られている方が楽だった。私が楓を『そういう目で』見なくちゃならないくらいなら、楓に大切にされてる方がいいと思ったんです。私は実際には何もされていないんだもの」

玉木桜も、美人だ。

川添が、見かけるだけで舞い上がるほどの。

その彼女が、今まで男性の好奇の目に晒《さら》されなかったとは考えにくい。玉木が守っていたとはいえ、嫌な目にも遭ってきただろう。

だから彼女は守られるふりをしながら、彼女こそが玉木の側で彼を守っていたのだ。兄である楓のことを『あの子』と呼ぶのもその表れだろう。

「じゃあ私からもはっきり言わせてもらいます。小笠原さん、もう楓に近づかないでください」

「何故?」

「言わなくてもわかるでしょう?」

「わからないな」

「楓は今までも倒れたことはありました。でも、ずっと襲われたのは私だと思ってた。でも昨日…、あなたのところから帰ってすぐ、私に言ったんです。あれは自分じゃなかったのかって、そんなこと、一度も言わなかったのに。小笠原さんが何かしたんでしょう?あの子に何か言ったんでしょう?」

何も言いはしなかった。だが何故だかはわかる。

俺が、同じことをしたからだ。

押さえ付け、唇を奪い、身体をまさぐり…。彼を傷つけた男と同じ行為をしたから、感覚を蘇らせてしまったのだ。

「今はまだごまかしてるの。そこまで気にかけていてくれて嬉しいって。私が傷つかなくていいように、自分の身に置き換えてくれたのねって。楓もまだ確証はないみたいで、それでごまかされてくれてるわ。でもこれ以上思い出したら…」

彼女は再び俺を見た。

「小笠原さんはとてもハンサムだわ。メディアに取り上げられるほど有名で、こんなに立派なお店も持ってる。あなたは何でも手にしてる。だから、楓のことは放っておいてください」

深々と下げる頭。

「楓はあなたのことが好きみたいです。でも、楓より大きな男の人であるあなたといると、いつか楓は本当のことを思い出してしまうかもしれない。もうこれ以上あの子をからかわないでください」

「からかってなんて…」

「小笠原さんなら、お相手にするような人は沢山いるでしょう？　楓じゃなくてもいいでしょう？」

「楓くんの気持ちは？」

「…自分のことを容姿で認めたのではなく、仕事で認めてくれた人だと、あの子は小笠原さんのことは大層気に入ってます。でも、だからってあなたが楓に何をしてくれるの？　ただ可愛いとか、可哀想とか、その程度だったら放っておいて」

「一生嘘をつき通すつもりか？」

「一生でも、永遠でも。だって、私は楓の妹だもの。楓が笑っていられるためなら何でもするわ」

桜は、あくまでも凛《りん》としていた。

俺がノーマルな男なら、彼女の強さにも惹かれただろう。

玉木と双子なのだから、彼女もまだ二十代前半のお嬢さんだ。けれどそのセリフを口にする姿は、まるで母親のように見えた。

「生半可な覚悟なら手を引け、か」

彼女はそれには答えず、伝票に手を伸ばした。

「お時間いただいてすみませんでした。仕事の話はまた後日しに伺います。未熟ですけど、頑張りますから」

「奢るよ、それは置いていっていい」

「…では、ごちそうになります。ありがとうございます」

立ち上がり、もう一度俺に頭を下げると、彼女は颯爽《さっそう》と出て行った。

振り返ることもなく、頭を上げて。

…彼女には、確固たる信念がある。

自分が兄を守るのだという信念が。

小さい頃は親に言われたから、口裏を合わせていただけだったのが、自分で『襲われる』ということを体験してからは、彼女の意思で嘘に加担した。

男として立派な体格を持つ俺にはわからない感覚だ。

「小笠原さん、彼女何て？」

彼女のカップを片付けにきた川添の声で、意識を戻す。

「兄貴が暫く来られないって伝言だ」

「俺のこと言ってくれました？」

「自分でアプローチしろ。だがあの女は手ごわいぞ」

俺も立ち上がり、厨房へ戻った。

落ち込んでも悩んでも、仕事はしなくてはならない。

だが、試作品を作ることはもうしなかった。

心の中に悩みがあるから。

玉木の姿を、見失ってしまったから…。


幸いなことに、翌日は店の定休日だった。

いつもなら、それでも店へ出て、試作品や仕込みなんぞを手がけるのだが、今日はそんな気になれず、家でごろごろとしていた。

コーヒーを淹れ、ソファに座り、フランスから届いた業界誌に目を通す。

最近の流行だとか、カカオの出来だとか、新人のショコラティエの紹介とか。いつもなら興味のある記事も、今日は全く頭に入ってこない。

頭の中にあるのは、玉木兄妹のことばかりだった。

恋愛など面倒臭いものだと思っていた。

だが玉木なら、恋愛をしてもいいと思った。

彼は自分の欲しいものを持っている。容姿が好みというのではなく、俺を認められる資質がある人間だからと。

彼の見せる表情の一つ一つに魅了もされた。

愛しいとも思った。

多少の面倒臭さがあっても、玉木が相手なら付き合ってもいいとさえ思った。

だが、だ。

「ハードルが高い上に、一つじゃないとはなぁ…」

雑誌を閉じ、ソファの背もたれに身体を預け、天を仰ぐ。

幾つだったのか聞き忘れたが、恐らくは小学校以下の頃に男にイタズラされ、記憶障害を起こし、未だに甘い匂いに反応してはブッ倒れる。

しかも俺のせいでみんなが綺麗についてくれていた嘘に気づいてしまった。

その上元々はノンケだった。

更に、会ったことはないが、きっと母親よりも母親らしい妹。

それが美人で、気が強くて、ブラコンで。自分から兄貴を奪うなら、覚悟してこいと微笑みながら啖呵《たんか》が切れるような女だ。

きっと、私が頑張んなきゃとか言って、自分の人生を兄貴の役に立つように生きてきたのだろう。

そして、かつては傷ついた妹を守るため、これからは多分自分を守ってくれていたことに応えるため、楓と桜の繋がりはより強固になり、面倒になってゆくだろう。

それでも、俺は玉木楓の手を取れるだろうか？

いい加減な恋愛しかして来なかった。

楽しむセックスしかしなかった。

別れ際にモメることもなく、いつも本気の恋愛を避けて上手く泳いできた。

そんな俺が、今更運命の渦みたいなもんにはまれるのか？

「暫く…、妹の言う通りにしてみるか」

玉木の方だって、俺のことを本当に好きなのかどうかわからない。

頬を染めて、好きですとは言ってくれたけれど、まだわからないと言ったではないか。

彼は、俺に憧れを抱いているだけかもしれない。初めて、もしくは珍しく怖くない男性と知り合って、そいつが自分の仕事を認めてくれたから、単に子供のように喜んでいただけかもしれない。

相手が本気ではないのに、自分だけが本気になるなんて、不公平だ。

俺が覚悟を決めて、玉木の前に立ち、『好きだ』だの『愛してる』だの言っても、ゴメンナサイと言われたら？

あの夜があったのだ、もっと酷いかもしれない。

『あなたは俺を襲った暴漢と同じことをしたんですよ、二度と顔も見たくない』と言われたら？

「…ヘコむな」

しかもそのセリフを妹の前で言われようものなら、ダブルパンチだ。

彼に会わなければ生きていけない訳ではない。

世界中で玉木しかいないわけではない。

この恋は諦めるべきだ。

初恋かもしれないけれど、初恋は叶わないと言うし、新しいセフレでも出来ればきっと忘れられる。

それが大人の判断というものだ。

本気の恋愛は怖かった。

だから俺は逃げることにした。

自分から別れを切り出すことも、相手から別れを告げられることも選ばず。ただ成り行きに任せて時間を過ごそうと。

それが大人の答えだと、自分に言い聞かせて。


玉木桜は、数日後にやって来て、取材をしたいと言ったが、俺は断った。

「玉木の代わりを寄越すなら、編集部の人間にしろ。素人はお断りだ」

彼女は事情を説明できない以上出版社に交替を言い出せないのはわかってるクセにと怒ったが、そこは仕事だから聞く耳は持たなかった。

不機嫌な彼女を慰める役は、謹んで川添に譲った。

俺の目から見ても、川添は真面目な男だったし、恋愛にも真剣なタイプだから、問題はないだろう。

取材の方は、新しく女性誌のものが入ることになった。俺が玉木を待っていた時に現れた、あの編集だ。

加西《かさい》と名乗る女性編集は、以前から俺のチョコレートを食べに通ってましたと言い、褒め言葉を羅列した。

玉木のところのように密着取材で一冊丸ごとというのではなく、雑誌の中の若きショコラティエの特集記事に取り上げられる一人ということだったが、出版社の大きさは玉木の会社よりワンランク上だった。

「小笠原さんのショコラはバランスがいいですよね。今月の限定品はキルシュのガナッシュとアーモンドペーストの二層仕立てでしたね」

加西自身スイーツ好きで、専門用語もある程度理解してるし、チョコレートをショコラと呼ぶ。海外のショコラティエの名前も知っている。

「もう召し上がりましたか?」

年齢は自分と同じぐらいだろうが、身奇麗にしているせいか若く見える。

礼儀も正しかった。

「先ほど。もううっとりでした。コーティングがホワイトチョコレートだったのが珍しいですね」

打ち合わせも、ちゃんと店内に入って、向かい合ってできる。

「ええ。彩りがあった方がいいかと思いまして」

「来月はクリスマスですから、ラインナップは華やかになるんでしょうね？」

「色々試作してます」

「本当ですか？　試食なんて…できないですよね？」

「いいですよ」

彼女にだって『舌』はあるだろう。

美味いものを沢山食べてきた実績もあるだろう。

俺は試作のボンボンショコラを幾つか皿に載せて、彼女に提供してやった。

「どうぞ。まだ試作なので、率直な意見が聞きたいな」

「責任重大ですね。では、遠慮なく」

口紅を付けた唇が、チョコレートに齧り付く。

口紅は落として欲しかったな。口紅の油は味に影響が出るから。だが、この齢の女性にそれは無理か。

「んー…、美味。中身はミント味のギモーブですね？　チョコレートはビター。大人な味わいだわ」

俺は次の言葉を待った。

今のは分析だろう？　このチョコレートが何と何で出来てるかわかりましたというだけの言葉だ。

俺が待っているのはそんなものじゃない。

だが、彼女は次のチョコレートへ手を伸ばした。

「あ、こっちはサツマイモ？　栗？」

「パンプキンです」

「ああ、そうですね。キャラメルも甘くて美味しい」

キャラメルが甘いのは当然だ。

「最後のこれは…定番のオレンジですね？　ちょっとお酒が入ってるみたい」

だから？

何を使ってあるか、じゃなくて食べた時の感想が聞きたいんだ。

「どれも美味しいです。これ、三種類ともお店に出されるんですか？　私なら、一つに選べないですよ」

だが彼女の批評はそれだけだった。

「…まだ試作です。これからもう少し考えます。ギモーブのは、ちょっとビター過ぎるので一般的ではないかと」

「そうですか？　でも甘い物が苦手な男の人ならイケるかも」

「うちは女性客が多いですからね。加西さんのような。あなたなら、これ食べたいと思ってくれますか？」

「もちろんです。だって、『パティスリー・ロズ』の新作じゃないですか」

「ありがとうございます」

「これ、写真に撮っちゃダメですか？」

「未完成ですから、ご遠慮願います」

ダメだ。

この女は並の舌しか持っていない。

美味いか不味いか、その究極の選択は客がするべきものだ。客には批評など期待しない。

彼等には食べてもらえるかどうかだけが問題なのだ。

店をやってる以上、俺も商売人。商売としてその単純な現実を否定はしない。

だが俺が欲しいのは、そんなものじゃない。

ちゃんと味わって、評価を与えて欲しいのだ。

『ギモーブのミントが強いです。コーティングのビターチョコレートも強いので、ある意味ワザとケンカさせてるのかもしれませんが、口に入れた時にはその戦いが激しすぎると思います。どちらか一つを際立たせる方がいいのでは？』

玉木なら、そう言ったかもしれない。

自分が心に引っかかってることを、彼は気づいてくれる。

美味いものは、何故美味いか、どう美味いと思ったかを語ってくれた。不味いものは何故不味いか、どうした方がいいかも示唆《しさ》してくれた。

あれは、特別だった。

「…では、実際の写真は、明後日カメラマンを連れてまいりますので、その時に。あと、お店の商品の方もオススメがあれば幾つか紹介したいんですが」

「では明後日までにセレクトしましょう」

「それと、小笠原さんのお写真も。ここの店員さん、皆さんそうですけどイケメンですから、顔写真載せないともったいないでしょう？」

「顔で選んでるわけじゃないんですけどね」

笑いながら、心の底でチリチリと何かが焼ける。

「もちろんメンズだけじゃなくて、小笠原さんのところのショコラは絶品って、書いておきます」

「そう言われると何かお持たせしないと。ボンボンショコラの詰め合わせ、お食べになりますか？」

「よろしいんですか？」

「編集部の皆さんでどうぞ。ちょっと待っててください」

立ち上がり、彼女を残して背を向ける。

途端に装っていた笑顔が消えてしまう。

「川添、ボンボンの十五個入りの箱、お包みして」

「はい」

褒められることは嬉しい。

自分の作ったものを口に運んでもらえることも嬉しい。

だがありきたりな褒め言葉では物足りない。

一度知ってしまった味が、忘れられない。

「はい、どうぞ」

「ありがとうございます。では、また明後日」

「お気を付けて」

どうして、ここに玉木がいないのだろう。

何故玉木にチョコを食べさせることができないんだろう。

これからずっと、彼の言葉を聞くことはできないのか？

「試食の反応、どうでした？」

厨房へ戻ると、手塚が尋ねた。

「全部美味しい、だ」

「へぇ、ギモーブも？」

「男向けじゃないかとさ。お前は引っかかったか？」

「正直、続けて食べたい味じゃなかったですね。強すぎて。あと、パンプキンキャラメルはキャラメルが強い気がして…」

彼の言葉は的確だ。

「俺もそう思うよ」

だがそれは同業者の言葉だ。味わってくれる者の言葉ではない。

「なのに食わせたんですか？」

「もっと何か言ってくれるかと思ったんだ」

「何かって？」

「…何かだ」

自分でもわからない。

どうしてこんなにイライラするのだろう。

何が欲しいのだろう。

玉木の舌か？

あの舌のために、俺はやっかいごとを引き受けるのか？

「小笠原さん、顔怖いですよ」

手塚に注意を受けて、俺は手を止めた。

「メシ食ってくる」

今何かを作っても、美味いものを作れる気がしなくて。

昼食の時間は終わっていたので、もう近場の店も混んではいないだろう。

シェフコートとエプロンを外し、上着を羽織って裏口から外へ出る。

外はもう寒くて、テラスのテーブル席に座る客はいなかった。

「今年は暖房費、上がりそうだな」

客の入りを見て、少しテーブルを削ろうか？　空席を出したままにしておくとどこか寂しげだし。

葉の落ちた並木を見ながら近くのカフェへ歩いていると、正面から若いカップルが近づいてきた。

手を繋ぎ、顔を寄せては何かを囁きながら笑い合っている。

恋愛満喫中といった雰囲気だ。

俺が歩いて来たのに気づいているだろうに、これみよがしに路チューをしてるところがバカっぽい。

バカっぽくてイラッとした。

こっちは玉木とキス一つしかできなかったのに。

彼のウブさ加減を理解して、あんなに焦っていなければ、俺だってもっとじっくりやったのに。

そうしたら、彼の傷に触れることなく上手くやれたかもしれない。

今も隣にいたかもしれない。

「…上辺だけの付き合いじゃ、妹に負けるか」

玉木が誰か他の男と付き合っても、いつか記憶の蓋をこじ開けることになるだろう。だとすれば彼の恋は苦痛を伴うものになる。

いや、彼は元々ゲイというわけではないのだから、可愛い女の子と付き合えばいいのだ。

それならば、男の感触など思い出すことなく、幸福になれるはずだ。

「男の感触、か…」

あの時、俺は彼を押し倒して、キスして、身体に触れた。

そのどれが、彼の記憶を呼び覚ましたのだろう。全てが、だったのだろうか？

彼を襲った男は、玉木に何をしたのだろう。

その男も、玉木の唇に触れたのだろうか？　それ以上のことをしたのだろうか？　まだ俺でさえ触れていないあの肌に触れたのだろうか？

そう思った途端、頭の中に玉木が他の男とキスする姿が浮かんだ。今の、スーツ姿の玉木のままで。

「…バカな。襲われたのは子供の頃じゃないか」

イライラする。

イライラする。

いろんなことに腹が立つ。

俺の作品を正当に評価できなかった加西にも、この手に触れる者がいないことにも、玉木に消えない傷を残した男にも。

俺の大切なものを、欲しかったものを奪い去る者がいることに腹が立つ。

俺から玉木を奪い去る者全てに、腹が立つ。

「…クソッ」

それは取りも直さず、自分が一番欲しいものが何であるかを教える苛立ちだった。


我慢した。

我慢だと気づかぬまま、ずっと耐えていた。

だがその我慢は一週間ももたなかった。

寝ても覚めても、俺の頭の中には彼の姿があった。

欲求不満なのかもしれないと、久々にその手の店で相手も探してみたが、誰に声をかけられてもその気になれなかった。

どんなに可愛い子を見ても、玉木の方が可愛かったと思ってしまう自分がいる。

仕事に打ち込もうとしても、イライラした状態のままでいい物が作れるはずもなく、試作は失敗続きだった。

そんな日々を一週間も続けた後、取材代理として再び尋ねてきた桜の顔を見た途端、俺は我慢の限界を迎えてしまった。

「君の取材は受けないと言っただろう」

店先。

その顔を見ただけで、どうして同じ顔はここへ来るのに彼は来ないのかと苛立ち、ついつい大きくなってしまう声。

「でも私がやらないと…」

彼女の細い腕を掴んで店の外へ連れ出す。

「取材は楓から受ける」

会いたい。

「楓とは会わないでと言ったでしょう」

こんな偽物ではなく、彼自身に会いたい。

「君にそんな権利はない」

「あるわ、私は楓の妹なんだもの。遊びで傷つけられたくないのよ」

「遊び？」

この悩みが、この苛立ちが、遊びだと？

「遊びじゃなければいいんだろう！」

どなった途端、目の前の桜の顔が驚きに包まれた。

「真剣なら、文句はないな！」

「でも…、あなたほどの人なら…」

「川添！　こちらのお嬢さんにケーキとお茶だ。好きなだけ食わせてやれ」

「ち…、ちょっと待ってください。私はそんなもの…」

もういい。

これからどれだけ面倒なことがあろうと、彼を失うこの苛立ちよりはマシに違いない。

俺は慌てて店から出てきた川添に、彼女を押し付けた。

「礼儀正しく接しろよ。言いたいことがあるなら自分で言え」

押し付けられた桜の身体に触れたものかどうか、川添はおろおろとした。

「小笠原さん？」

「俺は出かける」

「どこへです？」

「どこでもいい。俺は行きたい場所へ行く。やりたいことをやる」

「小笠原さん？」

「小笠原さん!」

川添と桜に呼ばれても、振り向かなかった。

欲しいものを欲しいと言って何が悪い。

よくわかった。

俺は玉木が欲しい。

彼の舌が、言葉が、身体が。

他の誰もあいつの代わりにはならない。

だったら、面倒だろうがやっかいだろうが、何だって引き受けてやろうじゃないか。そうでなければ俺はこれ以上仕事すらできなくなってしまう。

大人なら、面倒は避けて通るべきだ。

恋愛なんぞ、どうでもいい。セックスを楽しむだけで十分だ。

だが、それ以上に彼を求める気持ちがあるのなら、もう逃げ道はない。

「出てくる」

手塚に言い置いてスタッフルームで着替えを済ませ、桜に捕まらないよう裏口から出る。

財布のポケットから玉木の名刺を取り出し、車に乗り込むとエンジンをかけた。

俺は、どうして恋愛を避けるようになっていたんだろう。

面倒だから？

いや、違う。面倒なことを引き受けてもいいと思うような相手がいなかったからだ。

仕事よりも大切、距離が離れても気持ちが変わらない、自分から追いかけたいと思う、そんな相手を見つけられなかったからだ。

それがいつしか、面倒な恋愛はしなくてもいい、に変わっていたのだ。

幸いにも、相手にはことかかなかったので。

でも、玉木は違う。

彼のことを考えると仕事が手につかない。距離や時間が隔てても、忘れることができない。多分これから自分がしようとすることは面倒を引き起こすだろうし、彼がトラウマを抱えている以上、お気楽な恋愛関係というわけにはいかないだろう。

それでも、俺はハンドルを握る。

会いたい気持ちが抑えられない。

どうしても、彼が欲しい。

それなら、取るべき行動は一つしかないじゃないか。

名刺に書かれた住所へ向かい、小さなビルの前に車を停める。

『ランダム出版』と書かれた看板が建物の横に突き出している。

郵便受けで確かめると、会社は二階から五階を占めていた。玉木の勤める部署が何階かはわからないが、取り敢えず二階が受付だろうと踏んで階段を上がる。

社名の入ったプレートがついた扉を開けると、小さなカウンターがあった。

「すみません、小笠原と申しますが、『グルメ倶楽部編集部』はこちらでしょうか？」

すぐ近くにいた女性が、慌てて駆け寄ってくる。

「はい、何でしょうか？」

「私、小笠原と申しますが『グルメ倶楽部編集部』は…？」

「はい、こちらです。どなたに御用でしょうか？」

「編集長に」

「かしこまりました、少々お待ちください」

彼女は内線の電話で確認を取ると、「三階へどうぞ」と案内してくれた。

言われたまま、扉を出て階段を上り、また同じように扉を開ける。今度は中で女性が一人待っていた。

「小笠原さんですか？　グルメ倶楽部編集部編集長の池島《いけじま》と申します」

「初めまして、『パティスリー・ロズ』小笠原です」

彼女はこちらを伺うような視線を向けていたが、こちらが笑顔で名乗るとその表情は一変した。

「まあ、小笠原さん。ようこそ。雑誌のお写真よりハンサムなんでわかりませんでした。わざわざ御足労いただくなんて。何か不手際でもありましたでしょうか?」

「いいえ。実は玉木くんと取材の約束をしていたんですが、こちらの都合で時間が取れなくなってしまって。出来ましたら本日にお願いしたいと思いまして」

「本日、ですか?」

「はい、本日でしたら自宅の写真も許可できるかと…」

彼女の目がきらりと輝いた。

「ご自宅って、今まで一度も公開なさってませんよね?」

「ええ。でも玉木くんの熱意に負けましてね。彼なら、と」

「わかりました。少々お待ちください」

彼女はすぐに奥へ消えた。

自宅を知らないから、玉木を引き出すにはここを訪れるしかなかった。玉木を名指しで呼び出しても、彼は逃げるかもしれない。

小賢しいとは思うが、彼が逃げられないように手を回すにはこれしかないと思ったのだ。上司から仕事でと言われれば、逃げるわけにはいかないだろう。ここにいるのなら、出てこないわけにもいくまい。

思った通り、奥からは玉木の抵抗の声が聞こえたが、抵抗は虚しく終わりそうだ。

「でも今の仕事が…」

「何言ってるの、それでなくても押してるんだから、さっさと行ってらっしゃいよ。今日なら自宅撮影もＯＫだって言うんだから」

「でも…」

「でももかかしもない。行きなさい」

決着がついて少し間を置いてから、にこやかな編集長と困惑した玉木が姿を現した。

「お待たせいたしました」

編集長に押しやられるように玉木が前へ出る。

「やあ、玉木くん。突然ですまないね」

「…いいえ」

「それじゃ、行こうか」

「行くって…」

「取材、するんだろう?」

「でもそれは…」

桜に頼んだ、と言いたいのだろうが、編集長の前ではそれも言えまい。

俺は彼の腕を取ると、笑顔のまま引き寄せた。

「それじゃ、行こうか」

彼の腕が強ばっていようが、その顔に笑みがなかろうが、どうでもいい。

編集長に気付かれないようにガッチリと彼をホールドし、そのまま外へと連れ出した。

「小笠原さん、手を放してください」

扉が閉まった途端、彼が身を捩《よじ》る。

「ダメだ」

だが手は放さなかった。

「痛いです」

「痛くないように掴んでる」

「取材のことなら桜に…」

「彼女の取材は受けない。本人にもそう言った」

「でも俺は…」

「話は後だ。ここで話せる話題じゃないからな」

「話すことなんかありません」

「お前になくても俺にはあるんだ。黙ってろ」

彼の顔を見ただけで、言いたいことが頭の中に溢れてきていた。それを口にしないでいるには努力が必要なほど。

ここは彼の職場、彼はまだここで働くのだから、おかしな真似をしてはいけないという理性だけが、口を開くことを止めていた。

だが彼が何か言えば、反論したくなる、説明もしたくなる。だからここでは何も話せなかった。

今はまだ…。


車に乗るまでは抵抗を示していた玉木だったが、車を走らせると諦めたかのようにおとなしくなった。

無言のまま走らせた車がマンションに到着しても、彼は驚いた様子は見せず、黙って俺に従い、部屋まで付いてきた。

もう腕を掴む必要もない。

カギを開け、室内へ入り、彼を招き入れる。

玉木は、すぐには入って来なかった。

「どうぞ」

と口に出して促し、やっと中へ入る。

そのままリビングへ向かい、ソファへ座る。

隣に座りたかったが、彼の心情を考え、距離を取った。

「…何故、迎えにいらしたんです?」

俯いて、視線を合わせないまま彼が訊いた。

「お前が必要だったからだ」

「必要? どうしてです?」

「お前が好きだからだ」

俺の言葉に、彼は顔を上げた。

「言っただろう。俺は玉木が好きだって。それとも、もう忘れたか?」

ここで、この部屋で言ったのだ。忘れているはずがない。

「玉木は、もう俺を好きじゃないか?」

「それは…」

「だとしてもかまわない。それなら、俺を好きになってくれるように努力する」

彼の目は、あきらかに困惑していた。

「笑ってもいい。俺はこれが初恋だ」

「まさか…?」

「本当だ。全部正直に言おう。恋なんて、面倒なものだと思ったから、今まではずっと避けてきた。だがセックスの経験はそれなりに豊富だ」

玉木の顔が赤らむ。

ああ、やっぱり彼はいい。

素直で、繊細で。

「相手は全部男だった。俺はね、生粋のゲイなんだ」

「…え?」

「男しか相手にしたことがない。女は嫌いじゃないが、食指が動いたことがない。だから君を好きだと言うのは、そういう意味だ」

「でも…」

何か言いかけた彼の言葉を、自分の言葉で遮る。

「俺は、玉木に起こったことを知っている」

「君は、妹が襲われたのを見ていたと言ってたが、本当に襲われたのは君だ。工場で男にイタズラされたのは、楓だと」

見る間に、彼の顔が蒼白に変わる。

「俺が、ここで君を押し倒してキスしたから、君は思い出した」

「そ…んなことは…」

「覚えてないかもしれないが、ここから逃げて行く時、君は『桜じゃない』と言ったんだ。それでわかった。君が甘い匂いを拒むのは、その時のことを思い出したくないという防御本能だ。みんなが君を守るために襲われたのは桜だと言い、君もずっとそれを信じていた。だがあの瞬間、全てを知ってしまった。違うか？」

膝の上で握った彼の拳が白くなる。

「それを知っても、俺は君を抱きたい」

「…小笠原さん」

絞り出すような声。

俺は今、彼の傷を抉っている。玉木に辛い思いをさせている。わかっていながら、止めるつもりはなかった。

「玉木は…、楓は、もう子供じゃない。俺もね。だから好きだと言われて、自分にもその気持ちがあったら、キスしたり抱き合ったりするもんだと思った。あの行動を、そういう意味では間違っていたとは思わないし後悔していない。楓の心に傷があって、それが俺の望みを叶える度に痛むのだとしても、俺は同じことをしたい」

「小笠原さん…」

蒼白だった彼の顔に色が戻る。

「全てを知って、それでも君が好きで、それでも君が抱きたい。今すぐここでキスしたい。抱き締めたい」

「小笠原さん…！」

その顔が真っ赤になる。

「もう一度言ってくれ。俺の気持ちを知って、嫌な過去を思い出して、気持ちは変わったか？　それとも、まだ俺を好きだと言ってくれるか？」

「それは…」

俺は彼に近づき、手を差し出した。

「この手を握れば、俺はこの間の続きをする。お前がどんなに面倒だろうと、どんな大きい傷を抱えていようと、手放さない。俺にはお前が必要なんだ」

「そうだ。会わない間、別れも考えたがダメだった。他の誰もお前の代わりにはならなかった。楓が欲しいんだ」

「俺が…？」

手は、彼に触れず宙に浮かせたままだった。

この手を握って欲しい、こちらから手を取りたいと思いながらも、じっと待った。彼が俺を選んでくれるのを。

玉木は、その手を見つめたまま暫く動かなかった。

祈るような気持ちで待つ、長い時間。

沈黙だけが部屋を支配する。

やがて、彼は顔を上げ、俺を見ると、宙に浮いていた手にそっと触れた。

「好き…、です。俺も。小笠原さんの側にいたい。あなたに認められたい」

指先だけが、俺の指を二本だけ握る。

「同じ気持ちかどうかはわからないけど…、あなたにここでキスされたことは…、嫌じゃありませんでした」

か細い声。

細い指。

弱々しい力。

胸が締め付けられる。愛しいとは、こういうことか。望むというのはこういうことを言うのか。

「それだけでもいい。お前が何もしなくても、俺が全部教えてやる。『求める気持ち』ならわかった。俺は今、お前が欲しくてたまらないんだ」

逃げようとする手を、今度は強く握った。

こんなに寒いのに、汗ばんでいる手のひら。

玉木の緊張が伝わる。

「覚えてたってしょうがない男のことなんか忘れろ。一度は忘れられたものなら、今度こそ完全に忘れてしまえ。俺が上書きしてやる」

「小笠原さん……！」

恥じらうように、怯えるように身体を引いても、掴んだ手でグイッと引き寄せる。

乱暴にはしたくないから気を付けないと、とは思うのだが、我慢の限界を超えた後ではそれも難しい。

「人に触れるということも、人に触れられるということも、俺でだけ刻めばいい」

最初のキスは軽く。

「俺より前のことなんか、必要ない」

二度目はもう少し深く。

「俺の味だけ覚えればいい」

そして三度目は、彼の言葉を奪うほど深く長く口付けた。

やっと俺のものになった玉木を確かめるために。


舌を弄ぶような長いキスを終えて身体を離すと、玉木は潤んだ目で俺を見ていた。

怖くて泣いてるわけじゃない。慣れていない激しいキスに腰が抜けたという顔だ。

上気した頬と荒い呼吸にその目では、誘われてるような気分だった。

「怖いか?」

問いかけに首が左右に振られる。

「思い出すか?」

「こんなこと…、されてません…」

まあそうだろう。

暴漢がこんなに丁寧で優しいキスをするわけがない。

「じゃあこれからは、キスをしたら今のを思い出すんだな。まだ足りなければもう一度してもいいぞ？」

「いい！　いいです！」

顔を近づけると、彼は怯えたように身体を引いた。

「じゃあ次だ」

俺はソファから立ち上がり、彼を抱き上げようとした。

「小笠原さん！」

「暴れるな。落とすぞ」

「じゃあ抱き上げないでください！」

「自分の足で立ってベッドへ行けるか？」

「行きます！　行きますから…」

「そんなに慌てなくても、店で倒れた時は店から車までと車からここまで、お姫様抱っこで運んだんだぞ」

「そんな…」

真っ赤になって縮こまりながらも、彼は立ち上がった。

「でも今日は、自分の足で立てますから、自分の意志で行きます」

強がる言葉。

抱き上げて運ぶのも悪くはないが、自分の意志でベッドへ行くならそれも嬉しい。

「ではどうぞ」

手を取って、ベッドルームへ誘う。握った手が微かに震えていると思ったのは気のせいではないだろう。

だがその理由は聞かなかった。

寝室へ入り、彼をベッドに座らせる。

もう一度顎を取り、今度は軽く口付ける。

何も言わず、何も言わせずゆっくりと押し倒しベッドの上へ横たわらせる。

会社から連れてきたから、彼はスーツのままだった。

ネクタイを外して、スーツのボタンを外して、上着を脱がせる。

今まで誰かを抱く時に、衣服を脱がせるのは行為の前段階でしかなく、さっさと終わらせたいものでしかなかったが、相手が玉木だと意味が違ってくる。

手を動かす度に反応する彼の全てが、行為の一部だ。

恥じらう様も俺を煽《あお》り、もっとゆっくり脱がせて、じっくり味わいたいという気持ちにさせる。

「何をされたか、覚えてるか？」

と訊くと、表情が少し強ばった。

「覚えてるんだな？」

「…ぼんやりと」

「ぼんやり、か。じゃあそれを消し飛ばしてしまわないとな」

ワイシャツの前を開き、その胸にキスをする。

「あ…！」

小さな乳首を口に含んで、舌先で転がす。

「……う」

もう一方は、指で嬲《なぶ》った。

「や…、待って…」

焦れて、制止の声を上げてもそこだけを愛撫《あいぶ》し続ける。

何をされたか、詳しくは知りたくない。

この身体に初めて触れたのが自分ではないと知らされれば、きっと俺は嫉妬する。

桜が言った、遠回しな『イタズラ』という言葉だけでいい。それだけでさえ、胸の奥に燻《くすぶ》るものがあるのだから。

彼の上に降った不幸を全く考えないということはできないだろう。

玉木が、楓が、完全に忘れたとしても、俺はきっと覚えている。彼を傷つけた者を許さないという意味で。

今感じている嫉妬は、俺のすることで楓が誰かを思い浮かべることだ。

それが好意のある相手であっても、俺の下で他人を思い浮かべて欲しくはない。

だから、彼の頭が飛ぶまで、愛し尽くすつもりだった。

「お…さわら…ん…」

足を擦り合わせ、反応したことを伝えてきても、下には手を伸ばさない。

ずっと、胸の先だけを弄って、堪らなくさせる。

どんな記憶があっても、男として欲しいと思うまで、与えてはやらない。それが彼を力ずくで奪おうとした者との違いだ。

男の感じるところなど、知っている。

ましてやウブで、経験の乏《とぼ》しそうな彼ならば、攻めどころは多い。

「あ…」

胸の先だけでは満足できないだろう?

もっとちゃんと、感じるところに触って欲しいだろう？

でもしてはやらない。

セックスの記憶を上書きしてやると言ったのはそういうことだ。

されることが嫌だという感覚から、して欲しいに変えてやりたいのだ。

「も…」

「何？」

「もういや…」

「怖い？」

「苦し…」

「イキそう？　前、開けてやろうか？」

ピクンと身体が震える。

俺はそこでやっと身体を離し、楓の顔を見た。

泣きそうな顔だ。

「…苦しい」

「嫌？」

「小笠原さんに触れられるのは…嫌じゃないけど…。苦しい…」

拙い言葉だ。

欲望を口にすることさえ、上手くできない。

「感じちゃって、胸だけじゃ物足りないんだろう?」

苛めてるわけじゃない。彼に言葉を教えてるだけだ。だが結果として、それは彼を恥ずかしがらせてしまう。

赤らんだ顔が、俺の言葉を認めていいのかどうか、悩んでる。

「下も触ってって言ったら、してやるよ」

「そんなこと…!」

「最初だからね、傷つけたり怖がらせたりしたくない。嫌なことを思い出させることもしたくない。…というか、俺が他の男のことを考えられるのが嫌なんだが。だから、楓が望むことしかしたくない」

「望むなんて…、俺はこういうことは…」

「言ってくれ。俺に何をして欲しいか」

楓はぎゅっと唇を噛み締めた。

視線が彷徨《さまよ》い、言葉を探す。

「…上から…」

「上からのしかかって来ないで。あとは好きにしていいですから…。俺も、こういうことを望んでたみたいだから、嫌なことはありません…」

耳まで真っ赤にして、彼が言う。

その様子に、スイッチが入ってしまう。

「わかった」

上からは嫌だというのは、まだ恐怖の記憶があるからだろう。

それはいつか消せばいい。今はまず受け入れさせることだ。

俺は自分のシャツを脱ぎ上半身裸になった。下も脱いでもよかったのだが、男性器に恐怖を感じられては困ると思いはいたままにする。

シャツのはだけた彼の胸をちらりと見ながら、下に手をかける。

楓は顔を逸らしたが、小さな呻き声は聞こえた。

ズボンを通してもわかる硬いモノ。

反応して、張っている。

ファスナーを下ろしただけで下着を押し上げて顔を覗かせる。それを更に広げ、ズボンと下着をおろし、ペニスを取り出す。

「何?」

「や…っ」

今度はハッキリとした声が上がった。

だが何をしてもいいと言ったのはお前だ。聞く必要はない。

手を添え、それを口に含み、舌を絡める。

「…ひっ！」

色気のない声を上げて、彼が跳び起きたが、ソコを咥《くわ》えられたままでは起き上がることができず、すぐにまたベッドへ沈む。

「柔らかい…、ヘンな…」

もう口の中には彼の先走りを感じる。

「やめ…。出る…っ」

「飲んでやってもいいぞ」

「そんなことしないでくださいっ！」

怒声が飛ぶから、口を離す。

「やり過ぎです…。俺、こういうのは…」

「我慢してくれ。これからもっとスゴイことするんだから」

「すごいって…」

「俺は君ほど経験がないわけじゃない。ガッツリ食いたい。それを許したんなら、俺のために我慢してくれ」

「でも…」

「まあ今は好きに言っていいさ。そのうち文句も言えなくなる」

枕元のローチェストにあったローションを取り出し、楓を横へ退けると、俺がベッドに仰向けに横たわる。

上半身はベッドヘッドにもたれかかるようにしてから、彼を呼んだ。

「俺の上に乗って」

「…え？」

「乗られるのが嫌なんだろう？　だったら乗れ」

「でも…」

「いいから」

腕を取って強引に引き寄せ、上に乗せる。

「足を開いて跨《また》がって」

「う…」

楓の美徳は素直さだ。

顔は抵抗していたが、言われた通りに向かい合う形で俺の上に座る。

「どう…、すれば？」

「本気モードになるから、もう何も言わなくていい。何もしなくてもいい。自分が感じた通りに動け。楓がやりたいことをすればいい。俺を突き飛ばして逃げてもいいぞ」

「そんなことするくらいなら…、あ…っ」

剥き出しになっていたモノを握ると、声を上げて俺に倒れかかってくる。

「や…」

にちにちと湿った音をさせて彼のモノを嬲ると、前かがみになろうとして腰が浮く。

お陰で手が彼の尻に届くようになり、尻を撫《な》でた。

「あ…、や…っ」

それだけで、彼は果てた。

「…う…っ」

バタバタと温かいものが腹の上に零れてくる。

熱い吐息が耳元で繰り返され、小さく「ごめんなさい…」と呟く声が混じった。

目の前にしなだれかかってきた耳にキスしながら、彼に見えないようにローションを手に取る。

指にたっぷりとそれを塗り付け、再び尻に触れる。

「冷た…っ！」

滑らかで柔らかな肌を辿《たど》り、入口を探る。

「や…」

割れ目の奥でそれを見つけだし、指の先を押し込む。

「や…っ！」

楓の胸が目の前に来るので、丁度いいとばかりにそこを口に含む。

キスして、舐めて、吸い上げて。

その間にも後ろを弄り続ける。

「…あ。…っ」

もう頭が飛んできたのか、声を上げながら、楓は前を俺に擦り付けてきた。

さっき出したばかりなのに、もう硬い。若いな。

その感触も、声も、手触りも、俺を煽る。

もうそろそろ気を遣ってやるのも限界だ。

俺は彼に気づかれないように自分のズボンの前を開けた。気づかれないようにしなくても、もうそこに目を向けることもできないだろうが。

俺の肩にしがみつき、ずっと声を上げながらあちこちの筋肉をけいれんさせる。背筋を伸ばしていることもできなくなったのか、頭が肩に落ちてくる。

胸は俺の口から離れてしまったが、もういいだろう。

俺は自分のモノを掴むと、彼の尻に当てた。

まだ入れられるほど解れてはいないが、感触で逃げるかどうかが知りたかった。

何が当たったのかもわかっていないようで、それに対する反応はなかった。

更に指を奥へ入れ、彼を抱え上げる。

「や…、奥…っ」

前立腺を探りながら中を探る。穴の硬さも、内側の熱さも、俺の悪い心を呼び起こすほど魅惑的だ。

身を捩り、愛撫から逃れようとする彼が、ある瞬間ビクンと跳ねた。その拍子に指が抜けてしまう。

もう一度ローションをつけ、同じ場所を目指して指を入れる。

「やだ…、もう…」

「楓」

「おかしくなる…」

「好きだ」

「う…」

「お前が好きだ」

言葉を与える度、指が締め付けられる。

「好きだから、抱いてる」

「そんなこと…」

「名前も呼んでやる。何度でも」

心を決めてよかった。

迎えに行ってよかった。

楓を選んでよかった。

「好きだ、楓」

「小笠原さん…」

彼の熱を感じるだけで幸福だ。彼に名前を呼ばれるだけでゾクゾクする。

楓の、『舌』を認めて、求めていた。それだけだったら、きっと迎えに行かなくても我慢できただろう。

だがここに恋があるから。彼が愛しいから、俺は彼を求めてるのだ。

「楓」

指を抜き、両側から回した手で皮膚を引っ張り、入口を広げる。そのまま腰を引き下ろし、自分のモノの上に座らせる。

受け入れさせることは簡単ではなかったが、重力と力の入らない彼の身体が味方した。

「あ…ぁ…」

先を咥えさせるだけでいい。

それだけで後はもう彼は腰を落とすしかなくなる。

「ひ…っ。や…、入って…」

不謹慎にも、俺は苦しむ彼の顔に舌なめずりしてしまった。

綺麗事抜きで、彼に欲情してるから。

こういうところは幼い楓にワルイコトをした男と、自分は大差ないな。

これから、俺の上で悶《もだ》えるまだ純な青年に、もっと、もっとワルイコトをしてやりたくなる。

快感を受け止めるだけで精一杯の彼に、俺に抱かれたいと言わせるようにしたくなる。

鍛えた身体で下から突き上げ、声を上げさせてまた前を握る。

濃厚な、どろりとした感情。

甘く、苦く、幸福で。

「小笠原さ…ん…」

名前を呼ばれるだけで溶けてしまう感覚。

「酷い人…」

倒れ込んできた楓が、俺の鼻を齧った。

「痛ッ！」

その瞬間、彼はまた俺の上へ零した。

そして俺もまた…。

「ひぁ…っ。溢れる…っ」

抱き合って、鼓動を重ね、荒い息を整える。

「ここまでするなんて…」

それが彼の最後の恨みごとだった。


キスはしてもいいと思った。

触れられてもいいと思ったし、抱かれることも想像していた。

けれど、挿入されたり、突き上げられたりすることは考えていなかった。

上に座れと言われた時も、ただ向かい合って触り合うだけだと思ってたのに、生まれて初めて男の人に抱かれる自分を、好きに扱ったと、楓は怒っていた。

痛いし、だるいし、恥ずかしいし。こんなことまでしてしまったら、桜の顔が見られないと。

それでも、俺を好きだと言った言葉は撤回されなかった。

「仕事で出張だと電話を入れればいいじゃないか。地方の食堂に取材に行くって。そうしたら、今夜はここへ泊めてやるよ」

優しさで言ったつもりだったのに、彼はまた怒った。

「何かこういうことに慣れてそうでムカつきます」

という理由らしい。

時間はまだ早かったので、俺は彼に風呂を使わせ、その間にベッドを整え、横にさせてから自分もシャワーを使い、服を着替えた。

「こういうことをする男は最低と言われるんだろうが、出かけてくる」

「どこへ…？」

「店だ」

彼は『ああ』と納得した顔をした。

「まだ営業時間内ですものね。それじゃ、俺も仕事していいですか？」

「会社へ行くのは無理だろう？」

その一言だけでまた楓が顔を赤くする。

「ここでします。あなたの独占取材が仕事ですから。部屋中引っ掻き回して取材対象を見つけます」

「…取り敢えず見られて困るものはないが、絶対に帰らないでくれよ？」

「帰れないって言ったでしょう」

「本当に頼むよ？」

俺は横たわる楓にキスした。

「愛してる」

と言った。

彼の顔は思った通り真っ赤になり、ほんの少しだけ目に怒りの炎が揺らめいた。

「だからあなたって人は…。桜の言う通り、プレイボーイなんだ。絶対こういうこと、他の人にもしてきたでしょう」

「セックスはいっぱいした。でも愛してると言うのはお前だけだ」

熟してゆく果実のように、どんどん楓が赤くなる。いや、紅葉か？　『楓』だから。

「…俺だって、こんなの初めてです」

「愛してるって言ってくれるか？」

「俺は小笠原さんみたいに慣れてません」

「慣れてなんかいない。初めてだって言っただろ？　俺はね、浮かれてるんだ。初恋で、恋が叶って、恋人が愛しくて。こんなの初めて、だ」

照れてそっぽを向いた顔がこちらへ戻る。

「あ…。…愛してる…、と思います」

「『思います』付きかぁ」

「小笠原さんのテンポが早すぎるんです。『玉木くん』から『楓』にしたり、『君』から『お前』になったり。大人の男の人だったのに、急に甘えるみたいで…。でも、帰らないでここにいます。家に電話して、今夜は一緒にいます」

「じゃあ今日のところは『思います』付きで我慢するか。早く取れるように頑張るよ」

もう一度、俺は彼にキスした。

楓の唇は少し強ばっていたけれど、逃げはしなかった。

舌を出して唇を舐めると、応えるように俺の舌が舐められた。

絡めるほど濃厚ではないけれど、甘いキスだ。

「行ってくる」

愛しくて、愛しくてたまらない恋人を置いて部屋を出るのには理由がある。

俺の中に溢れるものがあって、それを形にしたかったからだ。

外は、まだ時間はさほど遅くないのにもう真っ暗。

車に乗って、街灯に照らされた街を、店ではない方向へ走る。

もやもやと、自分の気持ちもはっきりしなかった時には萎んでいた創作意欲が、湧き上がって止まらない。

彼のためのチョコレートが作りたくて堪らない。

楓が食べたことのない味を、食べさせてやりたい。

俺の気持ちを込めたチョコをどう表現するのか、知りたい。

馴染みのスパイスショップへ向かい、目的のものを買い入れ、それから店へ。

「お帰りなさい。遅かったですね」

手塚の声に迎えられ、店に入る。

「ああ、悪かった。まだもう少し任せてていいかな」

「…目付きが違いますね」

「いいアイデアが出たんだ。それにかかりたい」

「わかりました。今日のところは貸し一つにしておきます」

白いシェフコートに身を包み、エプロンを巻く。

買ってきたスパイスを挽いて、その味を確かめ、冷蔵庫からクーベルチュールを取り出し、湯煎にかける。

見た目は可愛い。

中身はしっかりしてる。

でも軽やかで、柔軟性がある。

ビターな傷痕を抱いていながら優しくて、真っすぐで、壊れやすい。

甘いだけじゃなく、俺の鼻に齧りつくようなパンチもある。

そういう楓を表したい。

「手塚、シリコン型に紅葉あっただろう」

「しまっちゃいましたよ、もう秋って感じじゃありませんから」

「品川、奥から探して出してこい」

「はい」

バラバラだったチョコレートの塊が熱で溶けてどろっとした液体になる。そこに生クリームを入れて、砂糖を入れて、味を調える。

「これを使うんですか？」

「ああ。楽しみにしてろ」

俺にとって、玉木楓は、恋人であり、ミューズだった。


作品が上手く出来なくて、思ったよりも帰宅する時間は遅くなってしまった。

途中でメールは入れたけれど、『仕事なら仕方ないですね』と容認されたのも没頭してしまった一因だ。

自分の部屋に、明かりが灯って誰かが待っているというのも新鮮だ。

「お帰りなさい」

という言葉がかけられるのも。

「何してた？」

「資料の本を見てました」

彼は起きて、ソファに座っていた。

俺は彼の前に跪《ひざまず》き、持ってきた箱を差し出した。

「食べてくれ」

「…何です？」

「これを作りに店に戻った。どうしても作りたくなったんだ」

楓はクスリと笑い、開いていた雑誌を閉じた。

「小笠原さんのそういうところ、好きです。俺より仕事を優先させるところが」

優しくされると下心を警戒するというようなことを言っていたから、これは本音だろう。

別れた最後のセフレの言葉と正反対なのが、これが俺の恋人なんだと実感させる。

「どうぞ」

箱を開けると、中には薄い、スクエアなボンボンショコラが並んでいる。わざわざ品川に紅葉型を探させたのだが、形を取るとわざとらしくて楓らしくないと思ってしまった。

だからベーシックなスクエア型だ。

楓の指は、その一粒を摘まみ上げ、一口齧った。

「軽い。ん…、何かスパイス？　ピリッとしてるけどコショウじゃなくて…。溶けるとチョコの味がぐんと引き立ちますね」

それから？

「見た目は普通だけど、作りは凝ってる。これ、エアチョコですよね？　だから口溶けが軽いんだ。外のビターコーティングもその軽さを邪魔しないくらい薄くて…。普通なのに、このピリッとした味が凄く不思議です。香りは…、こんなこと言うと失礼かもしれないけど、紙セッケンに似てる。これ、何ですか？」

「山椒《さんしょう》だ」

「山椒？…って、あの鰻《うなぎ》にかける？」

「ジャパニーズペッパーとも呼ばれてる。山椒は小粒でピリリと辛いと言うだろう？」

「でも辛くはありませんよ？」

「そう。外側はビターで、中はミルク。コーティングは薄いし中身はスフレ状だからすぐに壊れやすい。でも味わえば刺激があって、他にはなくて。世間の評価とは違ってるから自分の舌で味わうしかない」

「…後ひきますよ」

恥じらうように、彼は目を伏せた。

ああ、わかったのか。

伝わったのか。

「一度口にしたら、もう一個ってなりますよ。…いつまでもずっとって」

「そうだな。きっとみんな虜《とりこ》になる。季節外れかもしれないが、『エラーブル』という名前で出そうかと思ってる」

「『エラーブル』？」

「フランス語だ、辞書で調べろ」

一摘まみで口に運べる幸福。

甘く、苦く、複雑で濃厚。

だから俺はチョコレートが好きだ。

「おすそ分け」

そしてキス一つだけで俺を幸福にしてくれる恋人も。

「ん、上出来」

「ち…、ちゃんとチョコを食べてください！」

「自分の舌で味わったのさ。一番美味いものを」

セイム・スイート

『小笠原永人《おがさわらながと》・華麗なる指先の芸術』

立派なタイトルのついたムックを手に、俺は編集部で満面の笑みを浮かべた。

この一冊に、ショコラティエ小笠原永人の全てを封じ込めた自信がある。

彼の作るチョコレートの素晴らしさ、美しさ。一個の芸術品を完成させるための彼の技術と情熱。

そして本人のカッコよさも。

この一冊が、編集者である自分と、ショコラティエの小笠原さんを結びつけたのだ。

小笠原さんを初めて見た時、カッコイイけど軟派な人だと思った。

お店をやっているから仕方ないのだけれど、実際もそうだと思う。やたら他人に愛想を振り撒くし、プレイボーイタイプだと。

でも、彼が仕事に関しては、とても真剣なのだと知ってから、見る目が変わった。

彼の本質は、とても真面目な人なのだ。たとえ本人や周囲の人間が何と言おうと、俺はそれを感じていた。

妥協を許さず、自分の仕事に目的とプライドを持っている。この曖昧な今の世の中で、しっかりと芯を持ってる人だって。

だから、彼を信じた。

ショコラティエの腕を。

自分を好きだという言葉を。

いわば、この本は自分達の信頼と愛情が結実した一冊だ。

「ん、最高」

もう一度中身をチェックすると、俺は本を手に立ち上がった。

「編集長、小笠原さんに直接見本届けに行ってきます。本日はそのまま直帰で」

「いいわよ。その代わりサイン本五冊ほど頼んできて」

俺達の関係は知らなくても、親しくなってることは知られているから、編集長は容赦ないオーダーを出した。

「ついでに、読者プレゼント用の菓子ももらえたらお願い」

「わかりました。交渉してみます」

そして俺も、編集者としてそれは確かに獲得するべきだと思うので、頷いて編集部を出た。

都心の一等地にあるオフィスビルの一階。

カフェが併設された『パティスリー・ロズ』が小笠原さんの店だ。

彼は若くして海外に飛び出し、幾つもの賞を取って帰国すると、この店を開いた。

本を作る時に彼から聞いたのだが、海外の店で研修している時に、このビルの会社の重役に認められてパトロンになってもらったらしい。

チョコレート一筋でやりたかったけれど、今の日本ではまだチョコだけの店は受け入れられないだろうと、チョコレートを主体にした菓子店にしたのだそうだ。

指で摘まんで口に運ぶ。形式ばらない一粒の菓子で幸福を得る。だからチョコレートを作るのだと言っていた。いつか、チョコだけで勝負できるようになりたいとも。

素敵な人だ。

出会った時は、チャラチャラした人かと思って失礼な口をきいてしまったことを、今では猛省している。

彼が初対面の相手ににこにこして愛想を振り撒くのは当然ではないか。

彼は店を営業しているのだし、そこを訪れる人は皆彼にとってお客様。お客様に愛想を振り撒かないことこそ、商売人としては礼儀ができていない。

それがわかってる。

わかってはいるけれど…。

「チョコレートは熱で食感が変化しますからね。適温というのもあるんですよ」

いつものように、シェフコートにエプロンを付けて客の応対をしている小笠原さん。

「冷蔵庫に入れておくのと、出しておくのと、どちらがいいんでしょう?」

その彼の回りを囲むようにして立つ、綺麗な女性が三人。

「冷蔵庫はオススメしませんね。硬くなりすぎる」

三人とも、『パティスリー・ロズ』の黒地に銀のバラのポイントがある紙袋を下げている。紙袋を下げている、ということは既に会計は終えているのだろうに、彼の側から離れないということは、小笠原さん個人のファンか。

だって、レジには別の店員が立っているのだから、チョコの保存方法ならそっちに訊けばいい。

「私、小笠原さんのショコラ、美味しくいただきたいんです。何かアドバイスとかありませんか?」

チョコレートをショコラと呼ぶなんて、流行のスイーツ女子だな。

「そうですね。一番というわけじゃないですが、冷蔵庫の野菜室がオススメです。特に夏はそこが一番ですよ」

「もう一つ伺ってもいいですか?」

「どうぞ」

「この間買ったチョコスプレッドなんですけど、パンに塗る以外の使い道って何かありませんか？　大ビンで買ったら減りが遅くて」

「ピザ生地にでも塗ったら？　スイーツピザってあるじゃない」

「チョコレートは熱を加える調理には向きませんから、その場合は生地を焼いた後に塗る方がいいですよ」

「あ、じゃあ私もいいですか？」

よそいきの声で、熱い視線を小笠原さんに向けながら、彼女達はそこから動こうとしなかった。

彼女達が壁になってるのか、小笠原さんも全然俺に気が付いてくれない。

せっかく本を渡そうと思って勢い込んできたのに…。

「いらっしゃい、玉木《たまき》さん」

代わって声をかけてくれたのはカフェフロアを任されている川添《かわぞえ》さんだ。

「今日はお一人ですか？」

『お一人』と訊いてくるのは、彼が俺の妹の桜《さくら》に気があるせいだ。

「一人です。仕事ですから」

彼が悪いヤツだというわけじゃないが、俺は長年桜に群がる虫を追い払っていた癖で、つい口調が冷たくなる。

「そうですか、何になさいますか？」

でも彼はにこやかに微笑んでそう訊いた。

「ショコラを」

「かしこまりました。お嫌でなければマシュマロをサービスしますよ」

「…ありがとうございます」

いい人なんだろうな。でもまだ川添さんに対する警戒は解けない。だって、ここには女性客が山ほど来るし、彼の女性遍歴もわからないのだから。

ここに来る客は小笠原さん狙いの人が殆どだろうけれど、川添さんだってイケメンだ。相手には事欠かないだろう。

妹には幸せになって欲しい。

優しくて抱擁力があって、桜のことだけ愛してくれる男でなければ、渡せない。

「…まだ話してる」

ショコラが運ばれて来ても、小笠原さんはまだ俺に気づいてくれなかった。

女性達は相談だけでなく、また新しい商品の吟味を始めている。

小笠原さんが女性に微笑みを向けているのは、仕事だからだとわかってはいても、やっぱり目の前で見せつけられるのは何となく面白くない。

「天才ショコラティエの手に触らせていただいてもいいですか?」

「どうぞ、こんな手で良ければ」

女性の一人が彼の手に触れる。

「私、写真撮りたいんですけど」

「どうぞ」

今度は撮影会か。

ああ、あんなに擦り寄られて。

そんなににやにやしなくたっていいだろう。肩に手まで回して。

そりゃ、男の俺より綺麗に着飾った女性が隣にいる方がお似合いだけれど、今は仕事中なのに。こんな気持ちになるのは自分だけだろう。彼みたいに恋愛に慣れてる人はこんな焦燥感を味わうこともないに違いない。

イライラしながら眺めていると、奥の厨房からもう一人のショコラティエ、手塚《てづか》さんが出てきて小笠原さんに何か囁いた。

手塚さんが俺を指さし、彼の視線がこちらに向く。

俺は慌てて視線を逸らせた。美女に囲まれてる姿を見つめていたなんて、嫉妬丸出しじゃないか。

「楓《かえで》。来てたなら声をかけてくれればよかったのに」

そんな俺の気持ちを知ってか知らずか、彼が俺の肩に手を置いて耳元で語りかけた。

以前は苗字の『玉木』と呼びかけてきていたのに、恋人になってからは『楓』と名前を呼ばれるようになった。それにまだ慣れていなくて、照れてこめかみの辺りが熱くなる。

「別に、楽しそうでしたから、お邪魔しちゃ悪いと思って」

「邪魔？」

「美女に囲まれて接客中でしょう？」

「俺は元々ゲイだって言ったろ。女に興味なんかないさ」

…そうだった。

「ひょっとして妬いてた？」

妬いてましたとも、その事実を忘れるくらい。けれどそれを告白はしなかった。

「今日は例の本ができあがったので、見本をお持ちしました」

俺は答える代わりに持って来た本を彼に差し出した。

「ああ。ありがとう」

だが小笠原さんはそれを手には取ってくれたが、開こうともしなかった。

「見てくれないんですか？」

俺の仕事の結果なのに。二人の努力の結晶なのに。

「見るよ。でもここじゃなくて奥で見よう。手塚、控室いいか？」

「…十五分で呼びに行きますよ」

接客を代わった手塚さんに声をかけると、手塚さんは何故か渋い顔をしてそう答えた。

「わかった。おいで」

ここで見ればいいのに、彼は俺の肩を抱いたまま、店の奥のスタッフ用の控室へ俺を連れ込んだ。

居並ぶ女性達が対象外だとわかっても、彼女達の物欲しげな視線の前で自分が彼を独占できることでちょっぴり優越感を覚える。

俺って、自分で思ってたより独占欲が強いのかも。

「小笠原さん、ちゃんと見て…」

ロッカーの並んだ小さな部屋へ入るなり、小笠原さんは俺を抱き締めてキスしてきた。

「ん…」

強引な、それでも優しい口づけ。

「会いたかった」

「本を…」

「後でだ。まず楓を堪能させてくれ」

「あなたにとって、俺の本は後回しなんですか？」

キスはうれしいけれど、仕事の成果を後回しにされて少しムッとする。

「楓の前では何もかも後回しだ」

「ずるい、あなただって自分の仕事を後回しにされたら嫌でしょう？」

「もし楓が俺のショコラより俺のキスを先に求めてくれるんなら、大喜びだな」

この人は口が上手い。

そして俺はそういう上手い言葉に免疫がないのだ。

だから、もう一度、今度はゆっくりと近づいてくる唇を避けることはできなかった。

今では大丈夫になった甘い匂いに包まれて、彼の腕の中に取り込まれる。

舌が差し込まれ、まるで口の中に何かを隠しているのではないかと探るように動き回る。

思わず、俺も彼の背に腕を回した。

そうしていないと足から力が抜けて、座り込んでしまいそうだったから。

「今夜は暇？」

「…一応直帰と会社には言ってきました」

「じゃあもう少しだけ店で待っててくれるか？　そうしたら一緒に帰ろう」

「でも…」

「でも？」

「本を見てください。俺、頑張ったんです」

恨みがましく彼を見上げると、小笠原さんは微笑《わら》って俺を近くの丸イスに座らせてくれ、手にしていた本を広げた。

「では拝見しよう」

視線が本に落ちると同時に彼の表情が変わる。

店で女性客を相手にしていた時のようなにやけた笑顔ではなく、俺にキスして来た時のちょっと悪い男の微笑みでもない。

真剣な横顔だ。

自分が取材されたメディアに対して真剣にチェックしている仕事の顔。

この人の、こういう横顔はとても好きだ。

女性達の壁で自分が視界に入れなかった時はあんなにやきもきしていたのに、仕事に熱中して忘れられることは何とも思わない。むしろ、何を置いてでもキスしようとしてきた人が、自分を忘れるほど集中している姿はカッコイイとさえ思う。

静かな部屋の中、彼がページを捲る音だけが響く。

仕事に真剣な彼が、自分の作った本をどう評価してくれるか、待っている間に胸がドキドキしてきた。

「ん、いいね」

やっと本を閉じると、彼は顔を上げて微笑んだ。

「上《うわ》っ面《つら》に終わっていなくて、深いところまで掘り下げられてる。チョコの説明も細かいし、これならうちの店に置きたいくらいだ」

「本当ですか？」

「ただ、俺のことを褒め過ぎだと思うけどね」

「そんなことありません」

「楓がこう思ってくれるなら、嬉しいけど」

「もちろんです」

「でも残念だな」

その言葉に俺はドキッとした。

「何か不都合なことでもありましたか？」

「いや、そうじゃない。ただこの本が出来上がっちゃったら、もう楓はここに取材には来てくれないんだなと思うと、寂しいだけだ。もう新しい題材が決まってるんだろう？」

「はい」

「次は誰？」

「寿司《すし》職人です。まだお若いんですが、飾り寿司のコンクールでも優勝した方で、繊細な手仕事をなさるんです」

「楓がそんなふうに他の男を熱っぽく語るのを聞くと、妬けるな」

小笠原さんの手が、俺の頬に触れる。

見下ろして来る視線は、またさっきまでとは違う顔だ。どこかせつないような、寂しそうな顔に見える。

「妬くって…、小笠原さんがですか？」

「当然だろ」

「だって、あなたはモテるし、みんなに好かれるじゃないですか」

「誰に好かれても、俺が惚れてるのは楓一人だからね。他は関係ない」

彼にこんな顔をさせられるのは自分だけなのだと思うと、口元が緩んでしまう。

「今度の寿司職人の方は、俺の舌を虜にしました」

「…煽ってるのか？」

彼がムッとする。

「でも、あなたは俺の舌だけじゃなく、心も虜にしたでしょう？　だからヤキモチなんか焼かなくても大丈夫ですよ」

「…別の意味で煽ってるな」

今度は照れたような困った表情に変わる。

「かもしれません。小笠原さんに『好き』って言われるの、好きみたいですから」

だって嬉しい。

子供の頃、理不尽な暴力として襲われたことがあるから、自分は人との接触が嫌いだった。そのことをハッキリと覚えていたわけではなく、襲われたのは妹の方だと誤った記憶でしか覚えていなかったが、それでも自分より大きな人が近づくのは怖かった。

でも、この人には心がある。

小笠原さんは、俺に手を伸ばして来るのは俺が好きだからだとハッキリ言ってくれる。

だから怖くない。

もっと触れて欲しいとさえ思う。

自分がそれだけ想う相手が、ヤキモチ焼くほどの愛情を示してくれているのだから、嬉しくないわけがない。

自分がこんなことを考えるなんて、想像もしていなかった。

「今夜、俺の部屋に泊まってくれるな？」

「サイン本五冊と読者プレゼント用のお菓子を提供してくださるなら」

「お安い御用だ」

もう一度、彼の顔がキスしようと近づいてきた時、誰かがドアをノックした。

「時間ですよ。戻ってください」

手塚さんの声だ。

「…今行く！」

キスが取りやめられ、小笠原さんが軽くタメ息をつく。

「残念だが、今は我慢だ」

目の前に近づいていた彼が離れてしまうのを、自分も残念だと思うなんて。俺は本当にこの人が好きなんだなあ。

「小笠原さん」

だから、俺はイスから立ち上がり、彼の腕を取って引き留めた。

「ん？」

「俺は家に外泊するって電話を入れてきます。だから、小笠原さんはお仕事頑張ってきてください」

立ち止まって振り向いた彼の腕を更に引っ張って近くに寄せ、軽く唇を合わせる。

三度目のキスは俺から。俺だって、あなたが好きという証に。

彼がくれたキスに比べると子供みたいなキスだけど、顔が熱くなる。

「楓？」

好きも、嫉妬も、欲望も。もう二人、同じ気持ちなのだと伝えたくて。

そして驚く小笠原さんを追い越して、先に部屋を出た。

「俺も今夜が楽しみです」

その一言だけを彼に残して。

あとがき

皆様、初めまして。もしくはお久し振りです。火崎勇《ひざきゆう》です。

この度は「舌先の魔法」をお手にとっていただき、誠にありがとうございます。

イラストの湖水《こみず》きよ様、素敵なイラストありがとうございます。担当のK様、S様、色々とありがとうございました。

このお話、実は担当のK様と電話中にチョコが好きという話題をしていたら「そんなにお好きなら、それで書きましょう」と背中を押され、考えました。偶然にも代替わりしたS様もチョコ好きで、大変楽しく仕事させていただきました。

チョコ、好きなんです。普通に食べるのが。マニアではないので知識の足りないこともあるかもしれませんが、どうかそこは笑って許してくださいませ。ただ、一部用語などはわざと使わないようにしたりもしてます。親しみ易さを優先して。

作中のチョコの呼び方を「チョコ」にするか「ショコラ」にするか。厨房かキッチンかアトリエか、とか。

また、出て来るチョコも、市販されているものや火崎の想像などごちゃまぜです。サンショのチョコは想像で、食べた事ありません。でもサンショって甘味にかけても面白いですよ。

で、小笠原と玉木。

記憶が戻ってしまうと、実は食い道楽の玉木はすっかり小笠原のチョコにハマり、専属ショコラティエとして色々食べさせてもらって、二人は幸福に。

ただ…、小笠原は過去がある男ですから、昔のセフレとかが現れると色々と問題が。怒る玉木に慌てて取り繕う小笠原。クールだった過去を知ってるセフレはそれが面白くて余計ちょっかい出したりして。

そんなふしだらな人に楓は渡せません、と桜まで出てきて大混乱かも。

反対に、玉木にちょっかい出してくる男がいたらどうでしょう？　うーん、小笠原って独占欲が強くて、色々とヤキモチ焼きそう。それが小笠原と同じショコラティエだったりすると、ライバル心全開。お前は俺のものだろうとか言って玉木を監禁したりして。

で、ライバル君にそれは愛じゃないとか言われたりして。

でも最後には、こんなに執着する相手はお前だけだ、愛し方がわからない男なんだとか玉木に告白し、情熱で押し切る。…あれ？　小笠原の方がヘタレ？

何にせよ、愛があるから、これからも二人は幸せです。

それではそろそろ時間と成りました。またの会う日を楽しみに、皆様御機嫌好う。

湖水きよと申します
この度は素敵なお話の
挿絵を描かせて頂けて
大変嬉しかったです。
どうもありがとう
ございました。

ガッシュ文庫

舌先の魔法
（書き下ろし）
セイム・スイート
（書き下ろし）

火崎 勇先生・湖水きよ先生へのご感想・ファンレターは
〒102-8405 東京都千代田区一番町29-6
（株）海王社 ガッシュ文庫編集部気付でお送り下さい。

舌先《したさき》の魔法《まほう》

2013年4月10日初版第一刷発行

著　者　火崎 勇　[ひざき ゆう]
発行人　角谷 治
発行所　株式会社 海王社
〒102-8405　東京都千代田区一番町29-6
TEL.03(3222)5119(編集部)
TEL.03(3222)3744(出版営業部)
www.kaiohsha.com
印　刷　図書印刷株式会社

ISBN978-4-7964-0423-5

KAIOHSHA　ガッシュ文庫

火崎 勇
You Hizaki
旋《せん》律《りつ》に抱《だ》かれて
Hold me tight, during listening to music.
Illustration
伊東七つ生
Natsuo Ito
無防備に縋るお前を、
俺の指で鳴かせたい
「パチンコってのは幸運判定機だ。当たる時は運がいい証拠だ」
ただ隣にいあわせただけ…彼のその言葉に、張りつめていた心が癒される。
ピアニストの東名和貴は、スランプに悩む中…ふらりとパチンコ店に入った。座った台が当たって、途方に暮れる初心者の面倒をみてくれたのは無精髭の男、鍵谷だった。何でも教えてくれて、失業中なのに生活には困ってないようで…とても不思議な男。気付けば東名は店に足を向けていた。…彼に、逢いたくて。